In meinem Kopf

Christian Sined

In meinem Kopf

Kurzgeschichten aus dem Leben

Impressum

Bibliografische Information der Deutschen Nationalbibliothek:
Die Deutsche Nationalbibliothek verzeichnet diese Publikation in der Deutschen Nationalbibliografie; detaillierte bibliografische Daten sind im Internet über dnb.dnb.de abrufbar.

Herstellung und Verlag: BoD – Books on Demand, Norderstedt

ISBN: 978-3-7562-4208-5

Inhaltsverzeichnis

PROLOG

Er setzt sich an den Schreibtisch und blickt auf den Bildschirm. Sein Kopf ist voller Gedanken. Also schreibt er sie auf. Um den Kopf wieder leer zu bekommen, zu verarbeiten, zu erinnern, zu vergessen. Er realisiert, dass es ihm hilft. Und so schreibt er weiter, tippt Buchstaben, Worte und ganze Sätze. Wenn er sich seine Texte durchliest, dann fällt ihm auf, dass diese keinem Schema folgen. Sie sind davon abhängig, was ihn gerade bewegt, was in ihm vorgeht. Viele Geschichten haben ihn zum Nachdenken gebracht, das Aufschreiben fiel ihm nicht immer leicht, war oft anstrengend. Ab und zu gelingt es ihm, den Kopf auszuschalten, dann war er gut drauf. Die Sorglosigkeit spiegelt sich in den Geschichten solcher Tage wider. Er folgt keinem Muster, denn das Leben tut es auch nicht. Es gibt Höhen und es gibt Tiefen. Wie eine Achterbahn. In seinem Kopf.

LUFTBALLON

Wie sonderbar es doch ist, eine Szene erneut vor dem geistigen Auge ablaufen zu sehen. Als wäre sie real, würde in diesem Augenblick stattfinden. Ich sitze auf der Terrasse und blicke in den Garten. Es ist ein herrlicher Abend im Spätsommer, die Vögel singen, die letzten Sonnenstrahlen des Tages streicheln meine Haut. Mit dem Duft des frisch gemähten Grases in der Nase schlürfe ich an dem Eistee, den mir meine Mutter erst gerade frisch zubereitet hat. Es ist schön hier. Doch ich hänge in meinen Gedanken fest. Mein Kopf führt mich zurück in die letzte Woche, wo ich, an der gleichen Stelle sitzend, Jonas und Tobi beim Spielen zugesehen habe. Sie sind schon ein lustiges Duo, die beiden. Wie sie dort Steine und Äste hin- und herschleppten, auf ihre ganz eigene Art, aber mit einem System, welches ich bis heute nicht verstanden habe. Aber es hat funktioniert. Sie bauten ihre eigene Spielfläche, ihre eigene Fantasie zusammen. Im Nachhinein könnte es sich um eine Burg gehandelt haben. Waren sie Ritter in ihrer Geschichte? Oder Piraten, die nach erfolgreicher Kaperfahrt in ihren Unterschlupf zurückkehrten? Ich kann es beim besten Willen nicht sagen. Welch malerischer Ort die

Fantasie doch ist, Zufluchtsort vor der oft so grausamen Realität. Ich habe das Gefühl, je älter ich werde, desto mehr verliere ich davon, von meiner Fähigkeit, mir Dinge im Kopf auszumalen, sie lebendig werden zu lassen. Konnte ich deshalb nicht erkennen, was Jonas und Tobi dort vor meinen Augen veranstalteten? Die Lösung dieses Rätsels wird mir wohl auf ewig verwehrt bleiben. Es ist ja auch nicht meine Welt gewesen, sondern die von Jonas und seinem besten Freund.

Gestritten haben sich die beiden nie, was im Nachhinein wirklich die größte Leistung von allen war. Seit der Diagnose seiner geistigen Behinderung hatte Jonas eigentlich keinen wirklichen Freund gehabt. Beim Fußballtraining zum Beispiel merkten die anderen Kinder schnell, dass Jonas anders war als sie. «Der ist ja komisch» oder «was stimmt denn mit dir nicht» waren die Aussagen, die er zu hören bekam.

Von außen wirkt Jonas ganz normal. Ich hasse dieses Wort: «Normal». Was ist denn schon normal? Aber wie soll ich es sonst beschreiben. Jedenfalls spürt man es, wenn man mit Jonas redet, sich mit ihm unterhält. Er lebt in seiner eigenen Realität, die er sich so gestaltet, wie es sich für ihn gut anfühlt. Dass seine Welt mit unserer Realität kollidiert, lässt sich leider nicht vermeiden. Er wird dann schnell wütend, wenn ihm etwas nicht passt, die Dinge nicht so verlaufen, wie sie seiner Meinung nach ablaufen müssten. Es ist nicht immer einfach mit ihm, nein, das ist es nicht. Ich muss gestehen, dass ich mich als großer Bruder oft für ihn geschämt habe, und das tut mir leid. Er kann ja nichts dafür. Andererseits gab es Momente, die mir einfach peinlich waren. Was denken anderen Menschen nur von ihm und was bedeutet das für mich? Wie dumm ich doch immer war. Mit den Jahren habe ich es erkannt.

«Scheiß drauf, was andere sagen! Die können mich mal! Idioten sind es, nichts weiter. Dumme Menschen, die sich über andere lustig machen.»

Und doch war es schwierig. Da war auch die Angst meiner Eltern, dass Jonas isoliert ist, sich mit niemandem austauschen kann, eben keine Freunde hat. Jonas ist anders, das stimmt, und mit dieser Andersartigkeit kommen normale Menschen schlecht zurecht.

Doch dann kam wie aus dem Nichts Tobi, ein Junge in Jonas Alter, der von dem gleichen Schicksal geplagt wurde. Sie haben sich das erste Mal im Kindergarten gesehen und ohne Worte verstanden. Ich kann es schlecht beschreiben, es ist wie bei zwei Magneten, die sich von ganz allein anziehen, wenn man sie nur nah genug zusammen bringt. Etwas, das einfach zusammen gehört und was man nie trennen sollte. Denn beide sind sie Außenseiter in einer Welt, die sich schon lange einem Ideal verschrieben hat, wie Menschen zu sein, wie sie sich zu verhalten haben. Anpassung ist das Stichwort, sonst akzeptiert dich unsere Gesellschaft nicht. Und wenn ich Jonas und Tobi zusammen sehe, dann beneide ich sie sogar ein wenig. Sie nehmen die Werte und Normen unserer Gesellschaft und sagen sich: «Zum Teufel damit, wir machen jetzt unser Ding.»

Was andere über sie denken, daran wird kein Gedanke verschwendet. Wenn ich ehrlich bin, würde ich vieles dafür geben, ebenfalls diesen Gedanken verinnerlichen zu können, aber mein verkopftes, rationales Ich lässt es einfach nicht zu. Doch umso mehr freue ich mich für Jonas. Dass er endlich einen Menschen gefunden hat, der ihn wirklich in seiner Gänze zu verstehen scheint, ihn so nimmt, wie er ist.

Und so denke ich zurück an die letzte Woche und sehe Jonas und Tobi wieder beim Spielen zu. Ich sehe zwei Kinder, die einfach Spaß haben, und geht es darum nicht im Leben? Jeden Moment zu genießen, es vollends auszukosten. Ich lächle. Doch im nächsten Moment legt sich die Traurigkeit über mein Gesicht. Die Träne kann ich mir nicht verkneifen. Zu sehr schmerzt es, diese Szene innerlich erneut zu erleben. Denn das war das letzte Mal, dass sie zusammen waren. Das letzte Mal, dass ich Tobi lebendig gesehen habe.

***

«Tobi war krank.»

Ich stehe im Türrahmen zwischen Wohnzimmer und Küche und höre, wie meine Mutter nach den richtigen Worten ringt. Ich spüre die Kälte der glatten, weißen Fliesen durch den dünnen Stoff meiner Socken auf den Unterseiten meiner Füße. Ich schaudere am ganzen Körper, fühle mich unwohl. Mein Bruder sitzt nur auf dem alten Küchenstuhl und wartet. Die Auflage ist schon ganz durchgesessen, das einst so strahlende Blau wirkt blass und farblos. Jonas unterbricht meine Mutter nicht. Und dies ist etwas, das sie quält. Sie kann nicht auf ihn reagieren, nicht erst seine Worte abwarten. Sie fühlt sich nicht wohl in ihrer Rolle und ich kann es ihr nicht verübeln. Wie erzählt man seinem kleinen Sohn, dass sein bester Freund heute nicht zum Spielen vorbeikommen wird? Und auch nicht morgen, nicht übermorgen, nie mehr.

Nichts unterbricht diese Stille, die eine gefühlte Ewigkeit andauert, die einfach verharrt, hier zwischen uns drei Menschen. Ich kann es kaum aushalten und ich sehe meiner Mutter an, dass es ihr ähnlich geht.

Dann endlich meldet sich Jonas zu Wort: «Dann muss er einfach etwas von der Medizin nehmen. Die du mir auch immer gibst, Mama, wenn es mir nicht so gut geht.» Er lächelt, ist mit sich und seiner Idee zufrieden. «Und wenn er wieder gesund ist, dann kann er ja wieder zum Spielen kommen.»

Unsere Mutter sagt nichts, ich sehe wie sie schluckt, sich versucht zu räuspern, aber der Kloß sitzt zu fest im Hals. Dann beginnt sie zu weinen. Ich sehe diese Szene noch heute so klar vor mir. Die Tränen meiner Mutter, der starre Ausdruck in ihrem Gesicht, mein Bruder auf dem Küchenstuhl, ein zufriedenes Grinsen auf den Lippen. Einen stärkeren Kontrast gibt es wohl nicht. Und ich stehe nur da im Türrahmen und sehe zu. Wie ein Zuschauer bei einem Bühnenstück, dessen Ausgang ich schon kenne, der mir schon vor dem letzten Akt bekannt war. Hoffnungslos, ich kann nicht eingreifen.

**

Einige Tage später hat es mein Bruder dann verstanden, Tobi wird ihn nie wieder besuchen. Zu unserer Überraschung wurde er nicht wütend, er saß einfach nur ruhig da, als meine Eltern die Worte aussprachen: «Tobi ist gestorben.»

Er hat keine Miene verzogen, blickte zunächst meine Mutter und dann meinen Vater an. Und dann stellte er nur eine Frage: «Und wo ist er jetzt?»

Selbst in den dunkelsten Momenten des Lebens versuchen wir uns an irgendetwas zu klammern, das uns Trost spendet. Wir geben uns Mühe, unseren Schmerz zu lindern, diejenigen, die uns alles bedeuten, zu schützen. Ewas, das uns Halt gibt. Ich bin ehrlich, ich habe nie wirklich an den einen Gott geglaubt, dass dort oben jemand ist, der über uns wacht. Ich konnte es mir mein Leben lang nicht wirklich vorstellen, zu viel Ungerechtigkeit, zu viel Elend habe ich gesehen. Doch in diesem Moment fand ich die Worte meiner Mutter richtig, irgendwie waren sie angemessen, gaben auch mir ein kurzes Gefühl von Wärme.

«Tobi ist jetzt beim lieben Gott im Himmel. Dort geht es ihm gut und er hat keine Schmerzen mehr. Dort ist er glücklich.»

Mein Bruder blieb noch kurz sitzen, dann ist er einfach aufgestanden und ging ruhig die Treppe zu seinem Zimmer hinauf. Das war's. Keine weiteren Fragen, keine Tränen, kein Gebrüll oder Geschrei darüber, dass ihm der beste Freund genommen wurde. Wir haben ihn erstmal in Ruhe gelassen, immer wieder kurz nach ihm gesehen, aber er saß nur an seinem Schreibtisch und hat gemalt. Er wirkte konzentriert, aber nicht durcheinander oder gar verwirrt. Er war einfach nur ein Junge, der Bilder malte. Ganz normal.

Und jetzt sitze ich hier mit meinem Eistee auf der Terrasse und denke nach. Über das Leben. Ich weiß, das muss sonderbar klingen, denn viel Lebenserfahrung habe ich ja auch nicht. Im Gegensatz zu Jonas war ich verwirrt und konnte nicht verstehen, warum all das passieren musste. Doch irgendwann wurde ich müde vom Nachdenken, der Kopf tat mir weh, meine Schläfen pulsierten. Also blickte ich einfach nur starr in den Garten, mein Kopf so voll und leer zugleich. Ich wusste nicht einmal mehr, wie lange ich hier schon saß. Es dämmerte bereits und ich reckte mich.

Ich wollte gerade aufstehen, als ich meinen Bruder um die Ecke kommen sah. In seiner Hand hatte er einen Umschlag und etwas Rotes, was ich zunächst nicht erkennen konnte. Er strahlte mich an, als er mich sah, und ging auf mich zu.

«Kannst du mir helfen?», fragte er mich.

Ich sammelte mich kurz. «Äh, klar, wobei denn?»

«Kannst du diesen Luftballon für mich aufblasen? Ich schaffe es nicht.» Er reichte mir das rote

Plastikteil in seiner Hand. Langsam griff ich danach.

«Ja, natürlich, aber wofür brauchst du ihn denn?»

Mein Bruder sah mich begeistert an: «Für Tobi!»

«Für Tobi?» Ich wusste nicht, was ich sonst sagen sollte. Innerlich stöhnte ich auf. Anscheinend hatte mein Bruder es doch nicht verstanden.

«Ja genau. Er ist doch im Himmel und ich möchte ihm etwas schicken.»

«Ihm etwas schicken?»

«Diese Bilder hier im Umschlag. Die habe ich für ihn gemalt. Er ist doch mein bester Freund. Und mit dem Luftballon können wir die in den Himmel schicken. Dann weiß er, dass ich an ihn denke und ihn nicht vergesse. Darüber freut er sich sicherlich.»

Ich weiß noch, dass ich meinen Bruder in diesem Moment nur angestarrt habe, denn ich bekam zunächst keine Worte heraus. Ich sah diesen kleinen Jungen mit seinem Umschlag in der Hand, fein säuberlich zusammengeklebt, außen prangten die Worte «Tobi» in großen Druckbuchstaben, mit bunter Farbe gemalt. Eine Träne kullerte meine Wange hinab.

Betreten blickte Jonas zu mir auf. «Oder ist das eine schlechte Idee?»

Ich wischte mir die Träne aus dem Gesicht, lächelte meinen Bruder an und sagte: «Nein, das ist eine tolle Idee. Tobi wird sich bestimmt darüber freuen.»

2027

Es geschah in der Nacht zum 24.11.2027. Vorangegangen war ein grauer, trister Herbsttag, es hatte vereinzelt immer wieder geregnet, der Wind kam aus nordöstlicher Richtung und klatschte die Tropfen gegen die Fensterscheiben. Jedenfalls hat es sich in meiner Erinnerung so abgespielt. Die Erde drehte sich wie gewohnt, es gab kein weltumspannendes Ereignis, nichts, was erinnerungswürdig war. Ich kann Ihnen gar nicht mehr sagen, was an jenem Abend in den Nachrichten lief. Vermutlich nur weitere Berichte über die Wirtschaftskrise in Europa oder den wiederaufkeimenden Konflikt in China, das tägliche Hamsterrad drehte sich einfach weiter. Und so legten wir Menschen uns schlafen und erwachten am nächsten Tag, wie wir es immer taten. Es war nicht so, als hätte es einen Aufschrei gegeben, als hätte sofort ein einhelliger Konsens darüber geherrscht, doch in dieser Nacht war etwas passiert. Mit den Tagen spürte ein jeder von uns, dass etwas fehlte, dass etwas abhandengekommen war, über dessen Ausmaße wir uns nicht einmal ansatzweise bewusst waren. Denn in dieser Nacht hörten wir auf zu träumen.

«Wie war es damals, als ihr geträumt habt? Was ist das eigentlich... träumen?»

Die Kinder in meinem Viertel stellten mir immer wieder diese Fragen und ich versuchte, mich nach all den Jahren krampfhaft daran zu erinnern. Wie beschreibt man etwas so Einzigartiges wie einen Traum? Dieses Gefühl, wenn alles so real ist, sich so echt anfühlt, aber letztlich doch nur eine Projektion unseres Denkens, unserer Gefühlswelt darstellt. Einige von uns waren anfangs der Meinung, auf Träume könne doch ohnehin verzichtet werden. Wir hätten schließlich in der Realität zu leben, sollten keinen Hirngespinsten hinterher laufen. Wie falsch diese Menschen doch lagen, diese armen, unwissenden Kreaturen. Vor dieser Zeit hatte ich einmal irgendwo gehört, man träume jede Nacht, viele Menschen würden sich schlicht nicht daran erinnern. Träume sind dazu da, um das Erlebte zu verarbeiten, zumindest war es einmal so. Wenn wir nunmehr ins Bett gehen und in den Schlaf fallen, dann ist da nichts mehr, rein gar nichts. Einfach nur diese trübe Leere, ein Schleier, der in uns umher wabert. Natürlich wurde nach Alternativen geforscht, künstliche Träume waren das Modewort meiner Zeit. Doch sie gaukelten uns nur etwas vor und das wussten wir. Sie waren ein kläglicher Ersatz und so manch einer verlor sich in ihnen, in der perfekten Traumwelt, kehrte nie mehr daraus zurück.

Die Folgen kamen schleichend, aber sie kamen. Ich habe die Welt nie als ausgeglichenen Ort betrachtet, wie es einem so viele optimistische Gestalten vor dieser Nacht einzureden versuchten. Diese Erde war schon lange zuvor zu einer sich hektisch drehenden Kugel verkommen, geprägt von Konflikten und Krisen, ja auch kriegerischen Auseinandersetzungen, in welchen die Parteien schon bald nicht mehr wussten, warum sie überhaupt kämpften. Doch ohne die Träume wurde alles noch viel schlimmer. Wenn niemand mehr im Schlaf Frieden findet, sich keinerlei Erlebnisse verarbeiten lassen, führt dies nur zu noch mehr Anspannung, zu Ungeduld, zu Verwirrung und Hass auf andere Menschen. Heute habe ich das Gefühl, dass es Kultur und Kreativität nie gegeben, der monotone Trott der Menschheit seine Perfektion erreicht hat. Die Zahl der Krisen und Kriege stieg mit der Zeit rasant an, unausgeglichene Staatsmänner sind eine gefährliche, tickende Zeitbombe. Die Zahl der Krankheiten nahm konsequent zu, allen voran jene, die den Geist betrafen. Wenn der Kopf keine Pausen mehr bekommt, wenn es keinen «Reset» mehr in der Nacht gibt, wird das tägliche Leben langsam zur Qual. Viele wurden einfach verrückt und vielleicht gehöre ich mittlerweile auch zu diesen Menschen.

Ich habe in den Jahren viele gute Freunde verloren. Die meisten von ihnen konnten einfach nicht mehr, hielten es nicht mehr aus. Manche drehten durch, waren nicht mehr wiederzuerkennen, völlig anders. Sie wirkten wie leere Hüllen, denen die gesamte Menschlichkeit ausgesaugt wurde. Wiederum andere ließen es gar nicht so weit kommen, sie verabschiedeten sich rechtzeitig genug von ihren Qualen. Ich frage mich oft, ob nicht auch ich diesen Weg hätte wählen sollen? Den einfachen Weg, das ist mir klar, aber wohl auch der einzig vernünftige. Denn wenn ich nun auf mein Leben zurückblicke, dann frage ich mich: «War es das wert?»

Ich muss gestehen, dass ich mich jeden Abend davor fürchte einzuschlafen. Ich sitze Stunde um Stunde auf meinem Sofa, lasse mich vom Fernseher paralysieren, nur um das Unvermeidbare weiter hinauszuzögern. Doch ich werde diese Welt bald verlassen und es kommt einer Erlösung gleich. Ich sehne mich nach diesem tiefen, endlichen Schlaf ohne Erwachen. Denn wenn dies der Preis für den Frieden ist, dann nehme ich ihn dankend an.

Er sitzt am Schreibtisch, es ist etwa 4:00 Uhr in der Früh. Er kann nicht schlafen, konnte es schon die ganze Nacht lang nicht. Sein Kopf lässt es nicht zu, will ihn einfach nicht in Ruhe lassen mit all den Sorgen, den Ängsten, den Gedanken. Und deshalb sitzt er dort und baut an seinem Modell. Er ist noch nicht fertig, nur etwas über die Hälfte hat er geschafft. Auf dieses stumpfe Zusammensetzen von Einzelteilen zu einem großen Ganzen kann er sich konzentrieren. Es ist so einfach. Man baut einfach nach Anleitung, Stück für Stück, ohne Probleme. Es ist wie eine Befreiung, weil es nach Plan verläuft. Und falls mal etwas nicht passt, dann ist es sein Fehler, sein eigener, niemand sonst ist dafür verantwortlich.

Er lässt sich mit dem Rücken nach hinten fallen, berührt das bequeme Polster des Schreibtischstuhls. Etwas in seiner Muskulatur knackt laut. Er streckt die Arme nach oben. Stundenlang hat er nun vornübergebeugt dagesessen, sein Körper ist ganz steif geworden. Er entspannt die Augen, blickt auf die weiße Wand vor ihm, so leer, so rein, gänzlich unbefleckt. Neben ihm liegt die Tüte Fruchtgummis. Ein XXL-Vorratspack, eher eine

Familienpackung. Etwas, das man an einem Abend mit Freunden herausholt, um es zu teilen. Von dem Plastik grinsen diverse Früchte mit Gesichtern in seine Richtung. Glückliche Früchte, wie sie der Zeichner für dieses Produkt entworfen hat. Die Tüte selbst ist leer. Vor zwei Stunden war sie es noch nicht. Da war sie noch ungeöffnet, befand sich in einer Schublade neben diversen anderen Lebensmitteln. Ihm ist etwas schlecht, er spürt seinen Magen rumoren, als würde ihn dieser beschimpfen: «Was hast du mir angetan?»

Aber es ist ihm egal, er hat diesen Zucker gebraucht, der nun durch seinen Körper strömt, ihn ganz hibbelig macht, ihm das Gefühl gibt, etwas zu spüren, auch wenn es sich letztlich scheiße anfühlt.

Nach einer Weile richtet er sich auf. Er spürt, wie sich seine Umgebung leicht dreht, er braucht etwas, um seinen Kreislauf unter Kontrolle zu bringen. Jetzt ist da auch diese Müdigkeit, die sich wie ein Schleier um ihn legt. Doch er geht nicht ins Bett. Er wird nicht schlafen können, das weiß er. Warum es noch einmal versuchen, wenn es ohnehin klar ist, warum sich dagegen sträuben? Schließlich entscheidet er sich für eine Dusche. Er schaudert kurz, als sich das eiskalte Wasser auf seine Haut legt und langsam hinabgleitet. Es ist noch zu früh am Morgen, das Wasser noch nicht warm. Es kümmert ihn nicht, es ist sogar besser so. Auf diese Weise kehrt etwas Leben in ihn zurück, er nimmt diese Energie dankbar in sich auf. Nachdem er sich frische Klamotten angezogen hat, bringt er den Müll raus. Es begann schon zu müffeln, gestern hatte er es vergessen, hatte einfach nicht daran gedacht, weil es manchmal halt wichtigere Dinge gibt. Was ist da schon der Müll? Die Luft draußen ist drückend, als er die wenigen Meter bis zu den Abfallcontainern entlang schlendert. Es wird heute wieder warm werden. Vielleicht gibt es auch ein Gewitter, das würde zumindest die Luft reinigen. Vereinzelt zwitschern Vögel, ansonsten ist es still. Kein Verkehrslärm ist zu vernehmen. Die Welt schläft noch, zumindest dieser Teil der Welt, den er seine Heimat, sein Zuhause nennt. Doch weiß er auch, dass diese Stille nicht mehr lange anhalten wird.

Wieder in der Wohnung angekommen, blickt er sich um. Er sucht flehend nach einer Beschäftigung, irgendetwas Sinnvollem, womit er sich ablenken kann. Von den Gedanken. Er findet die Post der letzten Woche und macht sich daran, diese durchzusehen. Einiges davon ist Werbung. «Rubbeln sie sich zum Glück» steht auf einem fragwürdigen Prospekt, welches Gewinne in Millionenhöhe verspricht. Er wirft es wie so vieles in den Papierkorb.

Er meldet sich beim Online-Banking an und bezahlt zwei Rechnungen, einige Dokumente muss er lediglich abheften, in einen von verschiedenen Ordnern, die das statistische Leben enthalten und im Laufe der Jahre immer mehr werden. Versicherungen, Verträge, was man halt so braucht.

Es ist nun etwa halb sechs. Kurz denkt er daran, sich Frühstück zu machen, verwirft diesen Gedanken aber wieder. Er fühlt sich noch immer voll von den Süßigkeiten. Dennoch hat er Hunger, könnte einfach weiter essen, doch das würde jetzt nur der Beschäftigung dienen und keinem anderen Zweck. Stattdessen entschließt er sich, an dem Auftrag von seiner Firma zu arbeiten, die Zeit zu nutzen. Er ist nicht motiviert, seine Konzentration ist auch nicht die beste, das weiß er, aber er tut es dennoch.

Er arbeitet still vor sich hin, begleitet vom monotonen Klackern der Tastatur. Und so vergeht die Zeit, erst Minuten, dann eine Stunde, dann eine weitere. Er versinkt in der Arbeit, ist jetzt im Fluss, seine Gedanken schweifen nicht mehr so oft ab. Er kann sie nicht ganz abstellen, aber es ist nicht mehr so schlimm, sie reißen ihn nicht mehr so häufig heraus. Doch es ist anstrengend. Er fühlt sich kraftlos, ist erschöpft. Als er gegen 9:00 Uhr seinen Blick zum ersten Mal wieder vom Bildschirm abwendet, pulsiert das Licht in seinen Augen. Sie können nicht mehr, sind von der schlaflosen Nacht müde und trocken, schreien ihn an, er möge sie endlich einmal schließen. Er tut ihnen den Gefallen, aber nur kurz.

Der Klingelton seines Handys reißt ihn aus den Gedanken. Es ist ihre Nummer. Sofort nimmt er ab.

«Hallo», sagt er und erschrickt vor seiner Stimme. Sie hört sich so sachlich, so emotionslos an. Kraftlos, müde.

«Hey», entgegnet die ferne Stimme am Ende der anderen Leitung. Roboterhaft, mechanisch, dumpf. Es entsteht eine Pause, Stille. Erst nach einigen Sekunden spricht sie weiter. «Du hattest gestern angerufen.» Es ist keine Frage, vielmehr eine Feststellung, sie klingt wie ein Vorwurf.

«Ja, das habe ich.» Er überlegt kurz, möchte die richtigen Worte finden, nichts falsch machen. «Wie geht es dir denn?» Etwas anderes fällt ihm nicht ein.

«Es geht so», entgegnet sie. «Das weißt du doch. Es ist gerade echt scheiße.»

«Ok, das tut mir leid.» Trotz allem ist es so schön, ihre Stimme zu hören, auch wenn gerade alles echt scheiße ist. «Hat der Arzt noch etwas gesagt?» Er hört sie etwas lauter atmen, kein Schnauben, doch die Frage scheint ihr nicht zu gefallen.

«Nicht mehr als sonst. Er meint auch, dass gerade einfach alles zu viel geworden ist. Dass ich mal zur Ruhe kommen müsse. Ihr alle stellt euch das immer so einfach vor. Aber das ist es nicht.» Er unterbricht sie nicht, lässt sie weiterreden. «Jeden Tag immer der gleiche Mist, und ich stehe alleine da, niemand, der mich unterstützt, mir hilft.»

«Ich hätte dir schon viel früher geholfen, wenn du mit mir geredet hättest. Ich hätte dir doch geholfen, ich bin doch immer für dich da.» Er spricht seine Gedanken nicht aus, behält sie in diesem Moment für sich.

Er wartet kurz, dann sagt er: «Wir sind für dich da, ich bin für dich da. Das bin ich immer. Ich helfe dir, sag mir, was ich tun soll. Was brauchst du von mir?»

Wieder entsteht eine Pause, kürzer als zu Beginn, aber sie ist da. Nur ein Augenblick, doch so intensiv, die Atmosphäre beinahe fühlbar, als würde sie dort zwischen ihnen beiden hocken und zuschauen, gespannt auf den nächsten Zug.

«Ich glaube nicht, dass du was tun kannst. Was könnte mir denn jetzt noch helfen? Ich fühle mich so verloren, das kannst du nicht verstehen.»

«Doch, das kann ich!» Diesmal spricht er es aus, möchte es ihr sagen. Sie antwortet nicht, er hört sie nur leise atmen. «Vielleicht nicht auf die Art, wie es bei dir ist, aber auch ich kenne das. Glaub mir.»

«Ok.» Mehr sagt sie nicht, nur ein schlichtes «ok». Er wünschte, sie würden mehr darüber reden, dass sie sich ihm mehr anvertrauen würde, nach all der Zeit, all den Jahren.

Sie räuspert sich: «Ich muss jetzt Schluss machen, hier geht es gleich weiter.» Ihre Stimme klingt etwas sanfter, oder bildet er es sich nur ein?

«Ja, das ist in Ordnung. Melde dich immer bei mir, wenn etwas ist.» Dann ergänzt er, ohne zu zögern: «Ich mache mir wirklich Sorgen um dich. Ich liebe dich!»

Es ist ihre Antwort, die ihn mit einer Träne zurücklässt, die ihn unfassbar traurig macht, denn er hatte damit gerechnet, es auch von ihr zu hören, trotz der ganzen Scheiße. Diese drei Worte. Dass er ihr noch immer etwas bedeutet.

Doch sie sagt nur: «Ok, bis dann.» Danach legt sie auf.

HOLGER

Ich hasse Holger. Obwohl… eigentlich ist das nicht die Wahrheit. Grundsätzlich mag ich ihn. Sogar sehr. Aber immer wieder bringt er mich auf die Palme, beschwert sich unentwegt und macht mir das Leben nicht leicht. Das war eigentlich schon immer so. Ich habe ihn nun einmal auf diese Weise kennengelernt, es ist sein Charakter, daran lässt sich wohl nichts ändern. Dennoch habe ich insgeheim die verzweifelte Hoffnung, dass er mal sensibler wird, mich ernst nimmt, auf meine Bedürfnisse eingeht. Doch letztlich denke ich, dass dies alles nur ein Traum bleiben wird. Holger bleibt Holger, damit muss ich mich wohl abfinden. Hätte ich mir auch denken können. Denn Holger ist mein Toaster.

Ich hätte nie gedacht, dass ein alltäglich genutztes Küchengerät einmal einen solch großen Einfluss auf mein Leben haben wird, aber hier stehe ich nun an diesem verregneten Samstagmorgen im April und höre mir einen mal wieder völlig bescheuerten Monolog von Holger über einen der neuesten Testberichte zu diversen Brotsorten an.

«Also, wenn du mich fragst, dann stimmt das doch alles vorne und hinten nicht. Platz eins ist doch völlig fehlplatziert. Hier steht, und jetzt halt dich fest, dass die Brotscheiben perfekt zugeschnitten sind und damit eine optimale Bräunung beim Toasten erhalten. Pah, dass ich nicht lache. Das letzte Mal, als du die Dinger in mich rein geschoben hast, wäre ich fast daran erstickt. So eine Verarsche. Sag mal, hörst du mir überhaupt zu?»

«Hmm, ja», entgegne ich Holger schmatzend, während ich noch dabei bin, meine Haferflocken zu zerkauen. Holgers Stimmung hatte mir am heutigen Morgen den Appetit auf Toastbrot gründlich verdorben.

Eigentlich habe ich diesen seit guten fünf Jahren nicht mehr. Seit diesem einen besonderen Tag, der mich und Holger zusammengebracht hat. Dabei hat mich die Lust nach duftend warmem, krossem Weißbrot doch erst in diesen verdammten Elektronikmarkt geführt. Denn vor Holger hatte ich tatsächlich jahrelang keinen Toaster mehr besessen.

«Dies ist ein wirklich intelligentes Produkt, es reguliert die Wärme ganz von selbst und bietet Ihnen das perfekte Toasterlebnis, völlig stress- und sorgenfrei.»

Mit genau jenen Worten hatte mir der Verkäufer das Gerät beschrieben, welches sich nach dem Einstecken zu Hause dann als besserwisserischer

Toaster mit Hang zur Übertreibung herausgestellt hat, der sich zudem auch noch äußerst gern selbst reden hört. Die Worte «intelligentes Produkt» kann ich aufgrund von Holgers Aussagen nun wirklich nicht unterschreiben und stressfreier ist mein Leben schon einmal gar nicht geworden. Eher frage ich mich häufig, ob ich mich nicht sofort selbst einweisen sollte, aber naja, ich rede ja auch mit meinem Toaster.

Aber das Schlimmste habe ich bisher noch verschwiegen. Wenn Holger nicht stundenlang über Testberichte, die Politik oder die Auswahl meiner Klamotten beim letzten Date spricht - bei Letzterem hat er mir ins Gesicht gesagt, dass ich mit diesem Outfit auf keinen Fall Kondome brauchen werde - dann kommt seine schlimmste Eigenschaft zum Tragen: Holger ist hypochondrisch veranlagt, und das ist eher noch eine Untertreibung. Jeder Zentimeter seiner metallenen Fläche muss ständig glänzen, Rückstände von Brot in seinen Schlitzen sind für ihn unerträglich. Kennen Sie jemanden in Ihrem Umfeld, der jeden verfluchten Tag seinen Toaster sauber machen muss? Nein? Ich auch nicht. Aber bei Holger geht es nicht anders. Unter lautem Gestöhne, welche Schwerstarbeit er täglich leiste, was er für Opfer aufbringe, lässt er nicht locker, bis seine morgendliche Grundreinigung erfolgt ist.

«Die Krümel jucken verdammt nochmal, mach sie weg, verdammt. Stell du dir doch vor, dein Arsch juckt und du kannst dich nicht kratzen. Also versetz dich mal in meine Lage und mach mich sauber, du Idiot.»

Und das jeden Tag! Sieben Tage die Woche, dreißig Tage im Monat, oder halt einunddreißig, je nachdem. Ja, das Leben mit Holger, meinem Toaster, ist wirklich nicht einfach. Beinahe so schlimm wie mit Jörg, dem Handtuch im Badezimmer. Aber das ist eine andere Geschichte.

Ihr Name war Olga. Er tippte sie auf Ende dreißig, vielleicht ein paar Jahre älter, genau konnte er es nicht sagen. Ihr Haar war braun, wie die Farbe einer Haselnuss. Sie war immer stark geschminkt, aber das musste sie wohl auch sein. Er hätte sie gerne gefragt, ob sie die Schminke einmal weglassen könnte, denn er wollte sie so sehen, wie sie wirklich war, ohne die aufgemalte Maske. Doch dazu hatte er bisher nicht den Mut gehabt. Auffallend war ihre Nase, manch einer würde sagen, sie sei etwas zu groß geraten. Zudem mochte sie einige Kilos zu viel auf den Rippen haben, aber das störte ihn nicht. Er war sich nicht sicher, ob der Durchschnittsmensch dieser Welt sie als schön bezeichnen würde. Für ihn war sie es.

Er ging nun schon seit vier Jahren zu ihr, jeden Monat einmal. Es war immer ein Donnerstag, so wie heute. Er wartete kurz auf dem kalten Gehsteig, nachdem er die Türklingel betätigt hatte. Er erinnerte sich an die ersten Besuche bei ihr. Er hatte seine Mütze tief ins Gesicht gezogen, den Mantelkragen weit nach oben aufgerichtet und betreten zu Boden gesehen. Hatte er sich seinerzeit geschämt? Wahrscheinlich war es so, doch nach all der Zeit

war es ihm gleichgültig geworden, was vorbei-
schlendernde Passanten oder die hiesige Nachbar-
schaft von ihm hielten. Sollten sie über ihn reden,
wenn sie ihn dort vor der Tür warten sahen. Er tat
nichts Verbotenes, tat niemandem weh.

17, 18, 19... die Tür öffnete sich heute etwas früher,
im Schnitt brauchte Olga meist 24 Sekunden, um
ihn in Empfang zu nehmen. Er blickte in ihr rundes, freundliches Gesicht und ihr Lächeln sorgte
dafür, dass er sich schon etwas entspannter fühlte.
Alles hier kam ihm mittlerweile vertraut vor, obwohl er lediglich den Flur, die Treppe und Olgas
«Arbeitszimmer» kannte. Den Rest der Wohnung
hatte er nie gesehen, aber das brauchte er auch
nicht, um zu wissen, dass er hier von der Welt und
all ihren Sorgen abgeschirmt war. Denn was er sein
Leben nannte, war mit den Jahren trostlos, er selbst
verbittert und müde geworden. In jungen Jahren
war er noch hoffnungsvoll und von etwas erfüllt,
was möglicherweise als Lebensfreude durchgehen
konnte. Doch das alles schien so weit zurück zu liegen, dass er sich in manch stillen Nächten die Frage
stellte, ob es überhaupt er selbst war, der dieses Leben gelebt hatte. Er war jetzt achtundvierzig Jahre
alt, nicht mehr jung genug, um noch etwas

erwarten zu dürfen, aber auch nicht alt genug, um schon an das Ende zu denken. An Erlösung.

Sie betraten das Zimmer, das Licht war gedämmt und er konnte leise das Rauschen des Heizkörpers erahnen. Der Raum war schlicht eingerichtet, aber dennoch von einer stillen Wärme erfüllt. Er zog seine Brieftasche und legte das Geld auf die Kommode. So tat er es immer, stillschweigend, ohne dass er von ihr aufgefordert wurde. Meist zog Olga sich zuerst aus und legte sich auf das Bett. Die ersten Male war er nervös gewesen, hatte sekundenlang an seinem Hosenschlitz herumgefummelt. Wie verhält man sich an so einem Ort? Wie genau läuft das ab? Zu dieser Zeit wirkte es noch so unnatürlich auf ihn. Er hatte eine Schwelle übertreten, die er niemals übertreten wollte. Das alles würde doch überhaupt nicht zu ihm passen, er sei überhaupt nicht der Typ dafür. Und überhaupt, so etwas tue man als normaler Mensch doch einfach nicht. Oder doch? Gedanken dieser Art gab es für ihn nun nicht mehr. Er bereute seine einst gefällte Entscheidung nicht. Durch Olga spürte er etwas in dieser Welt, die ihm von Tag zu Tag unwirklicher erschien.

Sie schliefen miteinander, oft dauerte es nicht allzu lange, aber das machte weder ihm noch ihr etwas aus. Ein anderer Kunde wäre nun vielleicht schon gegangen, er jedoch blieb. Nicht nur deswegen, weil er für die volle Zeit bezahlt hatte, sondern weil ihm die Zeit danach noch wichtiger war. Wenn er ihr von seiner Woche erzählte, sie sich sogar danach erkundigte, wie es ihm gehe. Überhaupt schliefen sie nicht jedes Mal miteinander. Meistens ja, doch hatte es vereinzelt Tage gegeben, wo er einfach nicht konnte, er einfach nur ihre Nähe brauchte. Manch einer hätte ihm wohl gesagt, dass sie nett zu ihm sein musste, er habe sie schließlich bezahlt, doch er glaubte es nicht. Sie war gut zu ihm, weil sie es auch wollte, weil sie ihn mochte, er ihr wichtig war. Dies redete er sich zumindest immer ein, wenn ihm Zweifel kamen. Doch in der letzten Zeit kamen sie nicht mehr. Es war ihre Art, ihr Wesen, das ihn so sicher machte. Und daran hielt er fest, daran wollte er glauben.

Der letzte Kontakt zu einer Frau vor Olga lag bereits acht Jahre zurück. Er hatte Dates gehabt, davor auch einige Beziehungen, wenn man sie denn so nennen wollte. Er wusste, dass er nicht attraktiv war. Seine Haare wurden mit den Jahren immer lichter, mittlerweile bildete sich ein Halbkreis um eine runzlige, blanke Glatze. Er hatte einen Drei-Tage-Bart, zu mehr hatte es bei ihm nie gereicht, zu licht und kahl war sein Bartwuchs an einigen

Stellen. Die Anzahl an Dioptrien in seiner Brille nahm mit zunehmendem Alter ebenfalls zu und auch mit seiner Körpergröße von 1,71 Metern konnte er nicht unbedingt bei Frauen punkten. Gepaart mit seinem generell unsportlichen, wabbeligen Körper war er kein Traummann, der die Cover von Magazinen zu schmücken vermochte. Hinzu kam seine stille, introvertierte Art, die es ihm generell nicht leicht machte, Frauen kennenzulernen. Mit den Jahren hatte er sich immer mehr zurückgezogen, wurde zum Einzelgänger, böse Zungen behaupten, er sei irgendwie verschroben. Doch auch in einem Menschen wie ihm steckte der tiefe Wunsch nach Zuneigung, für jemanden wichtig zu sein, jemandem die Welt zu bedeuten. Er hatte es oft in seinen Gedanken gesehen, wie er die Wohnungstür öffnete, er bereits erwartet wurde. Jemand nahm ihn in den Arm, ganz fest, er würde einen Kuss spüren, auf der Wange, vielleicht auch auf den Lippen, jemand flüstert ihm ins Ohr: «Ich liebe dich!»

Doch seine Realität hatte anders ausgesehen. Zu oft bekam er die Worte zu hören, dass er ja ganz nett sei, aber eine Beziehung könne sie sich nicht vorstellen. Wenn er denn überhaupt eine Antwort bekam, denn oftmals hatten sich die Frauen nicht mehr gemeldet. SMS auf SMS hatte er verschickt, ihnen mitgeteilt, dass ihm der Abend sehr gefallen habe. Es waren tote Worte, die auf dem Display seines Handys aufleuchteten, darunter kein weiterer Text, sinnlos in die Welt gerufen, ohne Echo. Nur er blieb zurück mit der einen Frage: «Was habe ich falsch gemacht?»

Bei seiner letzten Beziehung war er dreiunddreißig Jahre alt gewesen, vier Monate hatte es gehalten. In seiner Erinnerung war es eine gute Zeit. Sie hatte ihm diese magischen drei Worte oft gesagt, immer wieder. Er hatte wirklich gedacht, das könnte es sein, er hatte sie endlich gefunden. Er spürte dieses Gefühl, nach dem er sich immer gesehnt hatte, zumindest kam es ihm so vor. Irgendwann sagte sie es ihm dann. Es kam plötzlich, ohne Vorwarnung und es tat weh, unglaublich weh. Bis zu diesem Moment hatte sie ihn noch geliebt und dann nicht mehr. So sei das nun einmal. Sie war gegangen, aus seinem Leben. Nur er blieb zurück. Und diese Lücke.

Er hatte noch etwa fünf Minuten, dann musste er gehen. Er wäre gerne noch länger hier geblieben, doch wusste er, dass es nicht möglich war. Er lag in Olgas Armen und sie streichelte sanft seinen Arm. Jetzt redeten sie nicht. Sie schwiegen sich an, doch es war keine unangenehme Stille. Er genoss die letzten Minuten. Dann würde er sie wieder verlassen und hinausgehen. Zurück in sein Leben. Bis zum nächsten Monat. Er schloss noch einmal die Augen, spürte ihre Wärme an seinem Körper, Geborgenheit. Er war ein einsamer Mann mittleren Alters, der zu einer Prostituierten ging. Doch es war nicht der Sex, die Befriedigung, die Lust, die er suchte. Tief in seinem Herzen suchte er Liebe. Er wusste, dass es ein brüchiges Konstrukt war, vielleicht nur eine Fassade, die ihm etwas vorspielte, was überhaupt nicht da war. Aber es war etwas, woran er sich festhalten konnte, jemand, der ihm nicht wehtat. Und ihr Name war Olga.

«Wie wäre es mit Pfannkuchen?» Jakob sah seine Tochter durch den Rückspiegel an. Es folgte keine Antwort. Emily blickte auf die vorbeifahrenden Autos, die Hände umschlossen fest den kleinen Plüschhasen. «Emily?» Er sprach nun etwas lauter.

«Oh, was?» Emily schreckte aus ihrer Trance.

«Ich sagte, wir könnten doch heute Abend Pfannkuchen essen. Die hast du doch früher so gerne gemocht.» Er lächelte.

«Ja, das stimmt. Aber, naja…», Emily zögerte.

«Was denn? Wir können auch etwas anderes essen? Magst du keine Pfannkuchen mehr?» Jakob war sehr auf seinen Tonfall bedacht. Vielleicht wirkte es etwas zu verkrampft, aber er wollte auf jeden Fall alles richtig machen.

«Nein, ich mag sie noch immer. Nur hat Corinna schon gestern welche zu Hause gemacht.»

Jakob schluckte. Es wirkte für ihn immer noch falsch, dass Emily das Haus von Corinna und Matthias als «zu Hause» bezeichnete. Das sollte nicht sein, das durfte nicht sein. Doch er konnte es seiner Tochter auch nicht verübeln. Ihre Pflegeeltern hatten ihr nun jahrelang das gegeben, wozu er selbst nicht in der Lage gewesen war. Letztlich war es seine eigene Schuld, das wusste er. Noch immer hatte er den wütenden Blick von Corinna vor Augen, als er Emily abgeholt hatte. Wäre es nach Emilys Pflegemutter gegangen, dann würde es den heutigen Tag nicht geben. Jakob erinnerte sich an all die gemeinsamen Treffen. Immer war jemand vom Jugendamt zugegen gewesen. Alle Augen waren auf ihn gerichtet, er war unter ständiger Beobachtung, stets bemüht, keinen Fehler zu machen. Ja, er hatte es versaut, das wusste er besser als alle anderen. Aber er war dabei, sich zu ändern, war sich sicher, dass er sich ändern konnte. Er wollte endlich der Vater sein, den seine Tochter verdiente. Und davon konnte ihn auch Corinna nicht abhalten. Diese Frau hatte ihm seit ihrem ersten Treffen nie vertraut. Sie war wahrlich keine Hilfe dafür gewesen, dass sich Vater und Tochter annähern konnten. Er würde nie den Moment vergessen, als sie in einem unbeobachteten Moment an ihn herangetreten war und ihm ins Ohr flüsterte:

«Du nimmst mir meine Tochter nicht weg. Du hattest deine Chance. Du wirst Emily nicht wehtun. Sie verdient etwas Besseres, nicht so einen…»

«Papa, alles in Ordnung?» Emilys Worte holten Jakob wieder in die Gegenwart zurück.

«Äh, ja», sagte er etwas verwirrt. Sie hatte «Papa» zu ihm gesagt. Das war bei den letzten

Treffen eher selten der Fall gewesen, oft sprach sie ihn noch mit seinem Vornamen an. Erneut musste er schlucken. Dieses Wort bedeutete ihm so viel.

«Tut mir leid. Also mit den Pfannkuchen. Wenn du möchtest, können wir ja trotzdem welche machen.» Emily blickte verlegen auf ihren Plüschhasen.

«Nein», entgegnete er rasch, «wir können natürlich etwas anderes essen. Das war ja nur ein Vorschlag. Und du musst dich dafür nicht entschuldigen, ist doch nicht schlimm. Wir können ja erstmal zu mir fahren und dann schauen wir einfach, worauf wir Lust haben. Es ist ja ohnehin noch etwas hin bis zum Abendessen.»

Erneut lächelte er und sah im Rückspiegel, wie sich auch Emilys Mundwinkel etwas hoben. Es ging nicht um Corinna, nicht um «zu Hause» oder irgendwelche dämlichen Pfannkuchen. Es ging um Emily. Er war so froh, dass sie bei ihm sein durfte.

**

Er parkte sein Auto direkt vor dem Wohngebäude. Zaghaft stieg Emily aus dem Wagen. Natürlich war sie schon einmal hier gewesen, aber bisher immer in Begleitung einer weiteren Person. Sie gingen die Treppen zu seiner Wohnung gemeinsam hoch. Seine linke Hand hielt er weit nach unten, in der Hoffnung, Emily würde nach dieser greifen. Doch sie blieb leer. Jakob trat als erster in die Wohnung, Emily folgte ihm zögernd. In der Küche angekommen, blieb sie im Türrahmen stehen.

«Du kannst gerne mit hereinkommen und dich hier zu mir an den Tisch setzen», sagte er freundlich.

Emily schien sich im Raum umzusehen. Ihre Augen verharrten an der Wand direkt hinter ihm. Als Jakob ihrem Blick folgte, wurde ihm bewusst, wohin Emily sah. Noch vor zwei Wochen hatte an dieser Stelle die Mitarbeiterin vom Jugendamt gestanden. Dies war mehr oder weniger ihr Stammplatz gewesen, von wo aus sie sämtliche Aktivitäten in der Küche verfolgt hatte. Die Frau hatte es ihm nicht gerade leicht gemacht. Er hegte keinerlei Groll gegen sie, schließlich machte sie ja nur ihren Job, aber in all der Zeit konnte er ihr nicht ansehen, ob er nun etwas richtig oder falsch gemacht hatte. Keine Regung war in der Mimik dieser Frau abzulesen, nur gelegentlich hatte sie sich Notizen in ein rotes Heft gemacht. Jakob war sich vorgekommen wie in einer Abschlussprüfung, die über seine Zukunft entscheiden sollte. Letztlich konnte er sich nicht allzu verkehrt verhalten haben, denn nun waren sie hier, Emily und er, alleine. Diese neue Situation löste vermutlich Unbehagen in ihr aus. Jakob konnte es seiner Tochter nicht verübeln.

«Heute sind wir mal wirklich alleine», sagte er an Emily gewandt.

Er schien das richtige Gespür für Emilys Verhalten gehabt zu haben, denn diese nickte vorsichtig.

«Aber das ist doch auch irgendwie klasse, oder nicht? Jetzt könnten wir mal Pommes mit den Händen essen und nicht so umständlich mit der Gabel wie beim letzten Mal. Denn diesmal wird uns niemand dafür ausschimpfen.»

Er grinste seine Tochter an und hoffte inständig, dass sein Lächeln natürlich wirkte. Es war nicht so, dass er ihr etwas vorspielte, nein, er freute sich aufrichtig, aber er hatte seine Nervosität noch immer nicht ganz abgelegt. Doch zu seiner Erleichterung erwiderte Emily sein Grinsen. Davon ermutigt, machte er einige Schritte auf seine Tochter zu.

«Es ist wirklich schön, dass du heute bei mir bist», sprach er mit leiser Stimme.

Er stand jetzt direkt vor ihr, ging etwas in die Hocke, um mit ihr auf Augenhöhe zu sein. Er nahm gar nicht bewusst wahr, wie sich seine Arme langsam hoben. Er wollte sie ganz fest an sich heran drücken, sie nie mehr loslassen. Doch Emily wich zurück. Seine Hände griffen in die Leere, kurz verlor er die Balance, wäre fast nach vorne gefallen. Dann fing er sich wieder. Jakob blickte wieder nach oben zu seiner Tochter, sie schaute zurück. Für einen kurzen Moment schien die Welt um sie herum einzufrieren, lediglich das Ticken der Uhr über dem Küchentisch durchschnitt die Stille.

«Ich, äh, das wollte ich nicht…», begann Emily zu stammeln. Ihr Blick war nun wieder nach unten auf ihr Stofftier gerichtet. Angespannt zupfte sie an den ausgefransten Schlappohren des Hasen. Jakob brauchte einige Sekunden, um sich wieder zu fangen.

«Nein, das ist schon in Ordnung. Es ist einfach alles neu für dich, für uns beide. Mach dir keine Gedanken. Ich freue mich ja schon darüber, dass wir den Tag miteinander verbringen.»

Wieder umspielte ein Lächeln seine Mundwinkel, aber diesmal war es nur eine Maske.

***

Sie saßen zusammen vor dem Backofen und sahen den Tiefkühlpommes beim Auftauen zu. Sie redeten nicht. Jakob hatte so viele Fragen, hätte am liebsten stundenlang geredet, Emily tagelang zugehört, doch er wusste, dass er es nicht übertreiben sollte. Dies war nur ein Anfang. Der Anfang von etwas Neuem, es würde noch so viele Gelegenheiten geben, dessen war er sich sicher. Heute hatten sie nur einige Stunden miteinander, aber das würde sich ändern. Er versuchte einfach, die Zeit zu genießen, die ihm gegeben wurde. Auch wenn das bedeutete, einfach stumm in Scheiben geschnittenen Kartoffeln beim Backen zuzusehen.

Die letzte Stunde lang hatten sie Mensch-ärgere-dich-nicht gespielt. Wie das ein Vater und seine Tochter nun einmal machen. Emily hatte sogar einige Male gelacht. Noch immer hielt sie ihren Plüschhasen in den Händen. Er hieß Hugo, das hatte sie ihm schon bei einem der ersten Treffen erzählt. Manchmal hatte er sich gefragt, ob sie nicht langsam zu alt für ein solches Stofftier sei, den Gedanken aber jedes Mal wieder verworfen. Sie hatte nun einmal auch einiges durchgemacht. Und dieser Hase aus Stoff schien ihr Halt, eine Sicherheit zu geben, an die sie sich klammern konnte. Das wollte er ihr keinesfalls nehmen.

Sie aßen die Pommes mit den Händen. Besteck hatte er gar nicht erst aus der Schublade geholt. Emily war gerade dabei, sich Mayonnaise aus der Flasche nachzuschütten.

«Wie läuft es denn in der Schule?», fragte Jakob.

«Eigentlich ganz gut.»

«Das ist schön. Hast du eigentlich ein Lieblingsfach?»

«Ich mag Kunst gern. Vor allem, wenn wir Malen dürfen. Das macht mir Spaß. Und Frau Hoffmann ist total lieb.»

Es wunderte Jakob nicht, dass Emily den Kunst-unterricht zu mögen schien. Als er sie bei Corinna und Matthias besucht hatte, waren ihm gleich die unzähligen Bilder aufgefallen, die in ihrem Zimmer hingen. Ihr Lieblingsmotiv schienen dabei eindeutig Hasen zu sein.

«Vielleicht wirst du ja mal eine Künstlerin, wer weiß.» Jakob zwinkerte ihr theatralisch zu.

«Hmm, ich weiß nicht. Aber auf jeden Fall mache ich nichts mit Mathe oder so. Das ist voll schwierig. Herr Kowalski ist auch total gemein. Der ist immer so ernst.» Emily schnitt eine Grimasse.

«Ich habe den Matheunterricht auch nie gemocht.» Jakob lachte. «Da sind wir uns wohl ähnlich.»

«Ja, kann sein», antwortete Emily knapp und schob sich dann wieder eine Handvoll Pommes in den offenen Mund.

«Weißt du, wenn uns jetzt jemand sehen könnte, wie wir hier sitzen, gemeinsam essen und uns über die Schule unterhalten, dann sehen wir ja wie eine richtige Familie aus, fast so wie früher.»

Jakob wusste nicht, was ihn dazu bewogen hatte, diesen Satz laut auszusprechen, er hatte es nicht beabsichtigt.

«Fast so wie früher.»

Emily sah betreten auf ihr Essen, sie hatte mit dem Kauen aufgehört. Jakob bereute seine Worte sofort. Er dachte an Lilly. Er hatte schon lange nicht mehr an sie gedacht, doch nun sah er sie wieder vor sich. Eigentlich müsste sie hier sein, zusammen mit ihnen an diesem Tisch sitzen. So sollte es sein und nicht anders. Aber sie war fort, unerreichbar. Für sie gab es keine zweite Chance mehr, jedenfalls nicht mehr in diesem Leben. Er riss sich aus seinen Gedanken. Emily saß weiterhin starr am Tisch. Jakob räusperte sich.

«Entschuldige.» Dann nach einer kurzen Pause: «Isst du das noch?» Er zeigte auf die verbleibenden Pommes auf Emilys Teller. Sie schüttelte langsam den Kopf.

«Ok, dann räume ich jetzt ab.» Er warf die Essensreste in den Mülleimer und ging mit den beiden Tellern in Richtung der Spüle. Er ließ lauwarmes Wasser ins Waschbecken laufen.

«Früher war es schön, oder?» Emilys Stimme klang leise, aber er konnte sie deutlich wahrnehmen. Da war etwas in ihrer Stimme. Kein Vorwurf. War es Wehmut? Er konnte es nicht deuten. Er hatte den Blick auf die Teller gerichtet, die er in Zeitlupentempo mit dem Schwamm sauber rieb. Seine Augen waren feucht.

«Ja, früher war es schön.»

***

Es war alles seine Schuld. Seine eigene. Er konnte niemand anderen dafür verantwortlich machen. Aber war das wirklich wahr? Manchmal passieren Dinge im Leben, man kann sie nicht ändern. Aber sie verändern das Leben eines Menschen, einer ganzen Familie. Und dann ist nichts mehr wie früher. Wie oft man es sich zurückwünscht, es wird nicht passieren. Es ist unumstößlich. Aber man kann weitermachen, sich einfach nicht dem Schicksal fügen. So lange hatte er dafür gekämpft, hatte nicht aufgegeben. Er wollte sich nicht aufgeben, aber vor allem wollte er Emily nicht aufgeben.

Jakob stellte die Mayonnaise zurück in den Kühlschrank. Direkt neben die Milch. Es wirkte jetzt so aufgeräumt. Oben der Quark, Joghurt, Butter, darunter Aufstrich, Aufschnitt. Im Gemüsefach befand sich tatsächlich Gemüse und an den Seiten Milch, Ketchup und eben Mayonnaise. Keine Flaschen mehr, schon seit einem Jahr. Er hatte den ganzen Dreck und Gestank aus dieser Wohnung verbannt, die Dämonen vertrieben.

«Also gleich läuft eine Zeichentrickserie, die ich sonst immer gucke. Aber nur, wenn das für dich auch okay ist?»

«Ja, natürlich, die können wir uns zusammen ansehen. Danach fahre ich dich dann wieder zurück.»

Er hatte Emily nach dem Essen gefragt, was sie noch in der letzten Stunde machen wollte. Um halb acht sollte er sie wieder zurückbringen. Er war kurz davor gewesen, sie vielleicht doch schon früher zurück zu fahren. Zu tief wirkten die Geschehnisse beim Abendessen nach. Jakob war durcheinander, verwirrt, wie aus der Bahn geworfen. Er hätte nicht damit gerechnet, dass die Erinnerung an früher eine solche Wirkung auf ihn haben könnte. Vielleicht wäre es sogar besser gewesen, den heutigen Tag einfach zu beenden, sich und Emily etwas Zeit zu geben. Aber diese Genugtuung wollte er Corinna nicht gönnen. Wie würde das aussehen? Er und Emily hatten ohnehin nur einen begrenzten Zeitraum zur Verfügung und dann würde er sie freiwillig früher zurückbringen. Das wäre ihm wie ein Eingeständnis vorgekommen, ein Eingeständnis seines eigenen Unvermögens.

Sein Blick war mehr auf Emily als auf den Bildschirm gewandt. Sie hatte so eine verblüffende Ähnlichkeit mit Lilly. Die Gesichtszüge, die Farbe ihrer Haare, selbst die Art und Weise, wie Emily an ihrem Stoffhasen herumzupfte, wenn sie nervös war, erinnerte an ihre Mutter. Diese hatte in der Schule auf die gleiche Art an den Enden ihres Pullovers herumgezogen, wenn sie angespannt war.

Dieses schüchterne Mädchen aus der Oberstufe. Er hatte sie gefragt, ob sie nicht zusammen zum Abschlussball gehen wollten. Er war so nervös gewesen. Als er beim Tanzen seine Hand auf ihren Rücken legte, roch er ihr Parfüm, sah in ihre tiefblauen Augen, ihr Lachen so unglaublich schön, sie war so wunderschön, der erste Kuss…

Ein lautes Lachen von Emily holte ihn zurück ins Hier und Jetzt. Er rieb sich die Augen und versuchte sich zu konzentrieren, nicht weiter abzudriften, keinen alten Geistern mehr nachzujagen. Er wandte seinen Blick wieder Emily zu. Jakob konnte sehen, wie entspannt sie in diesem Moment war. Ihre Augen leuchteten, als sie die bunten Figuren auf dem Fernseher verfolgte. Nur das zählte jetzt. Die Gegenwart.

«Und die Serie guckst du jeden Abend?» Es ging nicht allein darum, Interesse zu zeigen, nein, er versuchte sich irgendwie abzulenken, sich zu beschäftigen, sich nicht seinem Kopf hinzugeben, der ihn mit all den Erinnerungen zu locken schien.

«Ja, genau», antwortete Emily beiläufig, zu gebannt war sie zunächst von den Geschehnissen auf dem Bildschirm, fügte kurze Zeit später jedoch hinzu: «Also außer am Wochenende. Da läuft das nicht.»

«Ok», begann Jakob. «Aber es ist doch sicherlich schön, dass mal jemand die Serie mit dir zusammen guckt, oder? Ich meine, ist doch mal eine tolle Abwechslung, nicht alleine auf dem Sofa zu sitzen?»

Wäre ihm vorab bewusst gewesen, was seine Worte auslösen würden, er hätte sie nie ausgesprochen. Es war das zweite Mal an diesem Tag, dass er sich wünschte, er könnte die Zeiger der Uhr einfach zurückdrehen, einen neuen Versuch starten, eine zweite Chance bekommen. Für den Moment, für die letzten Minuten, für sein ganzes Leben.

«Nein, ich gucke die sonst auch immer mit Papa.»

Es war nur ein einfacher Satz gewesen, Emily blickte noch immer gebannt auf den Bildschirm, ihr war es gar nicht aufgefallen, doch für Jakob begann sich die Welt zu drehen. Wie im Rausch, den er noch allzu gut kannte, schien alles in halber Geschwindigkeit abzulaufen, starr saß er auf der Couch, er fühlte sich schwer und träge.

«Mit Papa», sprach er leise vor sich hin. Es war keine Frage, vielmehr eine Feststellung. Die Worte hallten in seinem Kopf nach. «Papa, Papa, Papa…»

Emilys Lächeln verschwand, als sie sich zu ihrem Vater umblickte, der mit versteinerter Miene neben ihr saß, die Augen auf den Fernseher gerichtet. Doch sie schienen nichts zu fixieren, durchbohrten alles, was in ihrem Weg war.

«Ich… ich…», sie stockte, schluckte, «ich meinte mit Matthias.»

«Nein, ist schon ok», begann Jakob ruhig. «Du hast es so gemeint.»

Es herrschte Stille. Sie durchdrang die fröhlichen Stimmen und Geräusche, die aus den TV-Boxen schallten, nahm den Raum in seiner Gänze ein.

«Es tut mir leid», stammelte Emily. Sie sah hoch zu ihrem Vater, doch er erwiderte ihren Blick nicht, schaute weiterhin geradeaus.

«Es muss dir aber nicht leid tun. Mir tut es leid. Alles.»

Er versuchte ruhig zu bleiben, nicht die Kontrolle zu verlieren. Tausend Gedanken schossen ihm durch den Kopf, umschwirrten seinen Geist. Es tat weh. Es tat so weh. Aber es war seine Schuld, nur seine. Er hatte es versaut, er hatte es verdient. Er hatte sie im Stich gelassen, als sie ihn am meisten gebraucht hatte. Sich in Selbstmitleid gesuhlt, seinen Hass auf alles außer ihm gerichtet, seinen Trost dort gesucht, wo ihn noch kein Mensch auf dieser Welt gefunden hatte. Das war das Ergebnis seiner Taten.

Es lief bereits der Abspann der Serie. Er wusste nicht, wie lange sie jetzt einfach nur dagesessen und sich angeschwiegen hatten. Fünf Minuten? Zehn? Er hatte sämtliches Zeitgefühl verloren, es war ihm gleich.

«Ich fahre dich jetzt nach Hause.»

«Ok.»

***

Er hatte sie eine halbe Stunde vor der verabredeten Zeit zurückgebracht. Corinna hatte einige Fragen, er antwortete kurz und knapp. Emily ging in ihr Zimmer, ließ sich nichts anmerken.

«Jakob, sag mal, hörst du mir überhaupt zu?» Corinna fuhr ihn barsch an.

«Ja, natürlich», antworte er mit tonloser Stimme. «Ich weiß noch nicht, wann es bei mir das nächste Mal passt.»

Corinna runzelte die Stirn. «Ich dachte, du konntest es kaum erwarten. Warum jetzt die Zurückhaltung?»

Er hasste sie. Jeder ihrer Atemzüge beleidigte ihn, ihr Blick durchbohrte alles. Sie hatte ihn durchschaut, schon am Tage ihrer ersten Begegnung. Wie ein Geier lauerte sie auf ihre Beute, bereit, alles zunichte zu machen. Sie hielt ihn nicht für den Vater, den Emily brauchte, denn das war Matthias. Er hasste sie. Er hasste sie dafür, dass sie recht hatte.

«Keine Zurückhaltung. Aber ich möchte es langsam angehen lassen.» Er blieb äußerlich völlig entspannt, mechanisch spulte er die Worte ab. Er wollte einfach nur weg, zurück in seine Wohnung, allein sein.

«Ok, dann telefonieren wir eben.»

«Ja, so machen wir es.» Er drehte sich um, ohne sich zu verabschieden, ging schnellen Schrittes zum Auto und fuhr in die Dunkelheit davon.

***

Er ging ohne Umwege ins Wohnzimmer. Die Tüte stellte er auf dem Tisch vor sich ab. Die Supermärkte waren schon geschlossen, aber die Tankstelle hatte zum Glück noch geöffnet. Darauf konnte man sich immer verlassen. Es gab immer eine Möglichkeit, immer einen Weg. Er saß noch eine Weile da und gab sich seinen Gedanken hin. Doch es begann schon wieder wehzutun. Er wollte diesen Schmerz nicht mehr spüren, er tat ihm nicht gut. Langsam zog er den Inhalt aus der Tüte vor ihm. Der Gegenstand fühlte sich kalt in seinen Händen an. Die trübe Flüssigkeit im Innern schwankte hin und her. Er öffnete den Verschluss und sofort strömte der vertraute Geruch in seine Lungen. Da fiel sein Blick auf den Boden direkt vor dem Sofa. Er konnte es in dem schwachen Licht kaum erkennen, doch kamen ihm die Umrisse bekannt vor. Er beugte sich etwas nach vorne und ergriff den Gegenstand. Es war Hugo. Er schien

Jakob anzustarren. Direkt aus seinen freundlichen, schwarzen Knopfaugen. Er fühlte den weichen Stoff des Plüschhasen. Emily musste ihn vergessen haben. Ihr Stofftier, ihren kleinen Freund, der sie immer beschützte. Emily, seine Tochter. Jakob besah die Flasche in seiner Hand. Es war so einfach. Er würde nicht einmal ein Glas brauchen. Hugo funkelte ihn böse an. Es tat so weh.

SIEBEN

Vor sieben Jahren habe ich meinen Bausparvertrag abgeschlossen. Ich kann mich noch gut daran erinnern, wie ich in dem stickigen Büro des Versicherungsvertreters gesessen habe. Laut meinen Eltern waren die Konditionen schlecht, überhaupt nicht mit ihrem eigenen Vertrag zu vergleichen. Aber gut, das war auch eine andere Zeit. Ehrlich gesagt, habe ich nie viel Ahnung von Versicherungen und finanzieller Vorsorge gehabt. Ich habe den Bausparvertrag abgeschlossen, weil ich dachte, dass es die richtige Entscheidung ist, ich ein gutes Gefühl haben wollte. «Macht man halt so in jungen Jahren», dachte ich mir.

Vor sieben Monaten habe ich Fiona den Antrag gemacht. Ich glaube, sie hatte schon einige Zeit darauf gewartet, wir sind schließlich schon verdammt lange zusammen. Aber ich denke, mit achtundzwanzig Jahren habe ich mit der Verlobung einen guten Zeitpunkt gefunden. Ich bin sogar vor ihr auf die Knie gegangen. Ja, wenn ich möchte, kann ich richtig romantisch sein.

Vor sieben Wochen wurde ich endlich befördert. Wenn es nach mir ginge, hätte mir das schon viel früher zugestanden, aber sei's drum. Ich bin seit

Jahren im Projektmanagement einer großen Firma tätig. Das war zu Beginn nicht einfach für mich. Im Studium haben sie mir theoretisch alles beigebracht, nur, wie die praktische Arbeit aussieht, das wurde aus irgendeinem Grund einfach vergessen. Ich kam mir an meinem ersten Arbeitstag wie ein Schülerpraktikant vor, gänzlich naiv und vor Aufregung stark schwitzend. Doch mit der Zeit habe ich den Dreh rausbekommen. Mittlerweile kann ich sogar behaupten, dass mir meine Arbeit die meiste Zeit Spaß macht. Das ist doch gar nicht mal so schlecht.

Vor sieben Tagen haben Fiona und ich meine Eltern besucht. Es sind siebzig Minuten Fahrzeit, aber wir konnten es nicht mehr länger hinausschieben. Der Besuch war wirklich überfällig. Sie sollten die Neuigkeiten nun einmal von uns erfahren und nicht über Fionas Eltern, bei denen wir zwei Tage zuvor waren.

Vor sieben Stunden saß ich noch in diesem langweiligen Seminar über Teamführung. Ich hatte mir wirklich mehr davon versprochen. Wenigstens war die Verpflegung gut.

Vor sieben Minuten habe ich über die Fernsprechanlage meines Autos mit Fiona telefoniert. Ich habe ihr gesagt, dass ich in etwa zwei Stunden zu Hause sein werde. In diesem Moment sah ich, dass die Tankleuchte an der Armatur aufleuchtete. Ich habe zum Abschluss des Gespräches zu Fiona gesagt, dass ich sie liebe. Sie entgegnete: «Ich dich auch!» Eigentlich endet jedes unserer Telefonate auf diese Weise. Das ist ja auch grundsätzlich gut, aber verkommt die Liebesbekundung dann nicht zu etwas Beiläufigem, verliert vielleicht sogar an Bedeutung? Ehrlich gesagt, habe ich mir diese Frage bis zu diesem Moment noch nie gestellt.

Vor sieben Sekunden… ja vor sieben Sekunden sah ich dann die beiden Männer in die Tankstelle kommen. Sie trugen Masken und jeder von ihnen hielt eine schwarze Pistole in den Händen. Ich stand gerade an der Kasse und war dabei, meine Tankfüllung zu bezahlen. Eine ältere Dame befand sich hinter dem Tresen und hatte mir noch vor wenigen Augenblicken zugelächelt.

In sieben Sekunden werden die Männer den Ort wieder eilig verlassen. Bargeld haben sie keines erbeutet. Sie rennen einfach nur zu ihrem Wagen und rasen davon. Die ältere Dame hat sich hinter den Tresen gekauert und betätigt den Notfallknopf. Sie wird noch eine Weile unter Schock stehen und nie wieder an einer Tankstelle arbeiten.

In sieben Minuten wird der Ort des Verbrechens vom Geheul der Sirenen durchzogen und die

Szenerie in Blaulicht getaucht. Ein älterer Beamter wird seinem jungen Kollegen mitteilen, dass dies leider zu ihrem Beruf gehöre. «Du darfst gar nicht nach dem Sinn dieser Tat fragen, es gibt keinen», wird er sagen und ihm die Hand auf die Schulter legen.

In sieben Stunden wird Fiona noch immer weinen. Ihre und meine Eltern sind bei ihr. Mein Vater wird einfach nur starr dasitzen.

In sieben Tagen werden die Täter gefasst. Sie haben sich nicht wirklich clever angestellt, es war nur eine Frage der Zeit, bis die Ermittler ihnen auf die Spur gekommen sind.

In sieben Wochen wird ein neunzehnjähriger Mann dem Richter unter Tränen mitteilen, dass er nicht habe töten wollen. «Der Schuss hat sich einfach gelöst, ich wollte nicht abdrücken, nur den Kunden in Schach halten, damit mein Komplize die Kasse leerräumen kann.» Er wird seinen Partner beschuldigen, scharfe Waffen mitgenommen, ihm jedoch nichts davon erzählt zu haben. Ich muss zugeben, dass ich ihm glauben würde. Es war ein Unfall, er wird den Rest seines Lebens damit klarkommen müssen.

In sieben Monaten sind auch die letzten rechtlichen Fragen geklärt. Wir waren noch nicht verheiratet, daher bekommen meine Eltern meine

Hinterlassenschaften. Auch der Bausparvertrag ist dabei. Dennoch werden sie alles Fiona geben, die hat es nun nötiger.

In sieben Jahren wird mein Sohn eingeschult. Leider ist nur seine Mutter bei diesem Ereignis dabei. Es tut mir leid, aber ich habe es nicht geschafft. An meiner Stelle ist ein anderer Mann dort. Fiona hat ihn vor drei Jahren kennengelernt. Er scheint nett zu sein und ist gut für sie. Für mich ist das in Ordnung, das Leben muss schließlich weitergehen. Es hat keinen Sinn, in der Vergangenheit zu verweilen. Mein Sohn wird ganz schüchtern mit seinem viel zu groß wirkenden Schulranzen inmitten der anderen Kinder stehen. Er wird mir ziemlich ähnlich sehen. Wenn ich die Chance hätte, mit ihm zu reden, dann würde ich ihm sagen, dass ich stolz auf ihn bin.

DIE FRAU AN DEN GLEISEN

Als der junge Ben Williams an diesem kalten Januarabend die Sporthalle verließ, ahnte er noch nicht, dass er in der folgenden Nacht keinen Schlaf finden würde. Mit einem zufriedenen Ausdruck auf dem Gesicht zog sich der zwölfjährige Ben die Mütze über die kurzgeschorenen Haare, schwang die Sporttasche über seine Schulter und ging in Richtung seines Fahrrads. Das Training hatte ihm wirklich gut getan. Er spürte zwar die Erschöpfung in seinem ganzen Körper, doch löste dies in ihm auch eine wohlige Form der Entspannung aus. Wie jeden Mittwoch freute er sich nunmehr darauf, den Rest des angebrochen Abends in der Wärme seines Jugendzimmers im etwa drei Kilometer entfernten Elternhaus zu verbringen. Während seine Gedanken um das neueste Videospiel kreisten, welches ihm seine Eltern letzte Woche zum Geburtstag geschenkt hatten, setzte er die Räder seines Fahrrads in Gang und fuhr in Richtung des Randbereiches der kleinen Stadt. Trotz der Kälte war es ein schöner Abend, der Himmel war wolkenlos und voller Sterne, es war beinahe windstill. Ben versank immer tiefer in seinen Gedanken, der Weg nach Hause war ihm von etlichen Fahrten bekannt, gewohnt radelte er die kleineren und größeren Straßen ab. Es herrschte kaum Verkehr, nur ein Auto kam ihm während seiner gesamten Fahrt entgegen. Erst als er auf den kleinen Sandweg in der Nähe der Bahnschienen einbog, richtete er seine Konzentration wieder auf die Strecke. Dieser Bereich war nur spärlich beleuchtet, den gesamten Weg säumten gerade einmal zwei Straßenlaternen. Ben musste aufpassen, dass er nicht versehentlich durch eines der kleinen Schlaglöcher am Boden fuhr, die sich wie kleine Krater willkürlich auf der Straße breit machten. Im Schein seiner Fahrradlampe konnte er diese nicht sehr deutlich sehen. Sein Vater hatte ihn schon vor über einem Monat darauf hingewiesen, dass er die Lampe einmal auswechseln müsse.

«Das Ding ist einfach durch, es spendet kaum noch Licht. Du kannst doch gar nichts mehr sehen», hatte er seinem Sohn in erzieherischem Tonfall mitgeteilt.

Ben hatte den Scheinwerfer natürlich nicht ausgewechselt, warum auch? Er passte doch schließlich auf und das Licht genügte seinen jungen Augen vollständig. Er musste über die Worte seines Vaters schmunzeln.

Doch hätte er zu diesem Zeitpunkt bessere Scheinwerfer gehabt, wäre die dunkle Gestalt vor ihm vielleicht eher in sein Sichtfeld getreten. Plötzlich und ohne Vorwarnung war sie da, direkt vor ihm. Bens Augen weiteten sich vor Schreck und ruckartig zog er den Lenker nach links. Sein Rad geriet ins Schleudern und er hatte Schwierigkeiten die Balance zu halten, gerade noch so konnte er ausweichen. Mit einem heftigen Quietschen kam sein Rad zum Stehen und Ben Williams brauchte einige Sekunden, um sich zu orientieren. Vorsichtig drehte er seinen Kopf nach hinten. Da die nächste Straßenlaterne um einiges entfernt stand, war die Gestalt nahezu in komplette Dunkelheit gehüllt, nur schemenhaft konnte Ben Umrisse erkennen. Jemand, oder etwas, schien dort zu stehen. Langsam stieg er von seinem Fahrrad ab und wandte sich der Gestalt zu. Er konnte sein Herz immer schneller unter seinem Brustkorb schlagen hören.

«Puh, das war ganz schön knapp», hörte er sich mit brüchiger Stimme sagen.

Keine Antwort. Ben schluckte. Er drehte sein Rad herum, so dass der Schein der schwachen Lampe die Gestalt in etwas Licht hüllte. Die Schwärze, die sich vorher um diese geschlossen hatte, musste weichen und gab die Umrisse einer Frau zu erkennen. Die langen, dunklen Haare reichten ihr den gesamten Rücken herab. Sie trug einen dunkelbraunen Mantel, dazu schwarze Stiefel.

«Geht es Ihnen gut? Ist alles in Ordnung?» Ben musste sich zusammenreißen, um diese Worte laut auszusprechen.

Die Frau rührte sich nicht, als wäre sie fest mit dem Boden verankert. Bens Atem wurde schneller, er konnte die Luft aus seiner Lunge vor ihm schweben sehen. Kam es ihm nur so vor oder wurde es noch kälter? Er wagte es nicht, erneut zu sprechen oder sich auch nur zu bewegen. Regungslos standen sie da, die Stille war kaum auszuhalten. Er wusste nicht, was er tun sollte. Es war, als wären alle seine Denkprozesse eingefroren, als würde er nie mehr einen klaren Gedanken fassen können.

In der Ferne hörte er leise Geräusche, welche die unsagbare Stille auflösten. Er nahm in seiner Nähe eine Vibration war, welche von den Gleisen zu kommen schien. Anzeichen eines herannahenden Zuges. Und in diesem Moment bewegte sie sich. Erst ganz langsam, mit bloßem Auge kaum zu erkennen. Ein Finger, der sich krümmte, ein leichtes Wanken des Oberkörpers. Ben rührte sich nicht, krampfartig erstarrt verfolgte er die Bewegungen der Frau. Wie in Zeitlupe drehte sie sich zur Seite. Der heranfahrende Zug war immer deutlicher zu hören, als sich die Frau mit schlurfenden Schritten auf den Rand des Weges zubewegte, weg von Ben und seiner Furcht. Da sich die Distanz zwischen ihm und der Frau vergrößerte, fühlte Ben Erleichterung in ihm hervorsteigen, die jedoch umgehend in Panik umschwang, als er bemerkte, wie sie sich ruhig und kontrolliert daran machte, über den Zaun zu steigen.

Seine Angst war plötzlich vergessen, er fand seine Stimme wieder und rief ihr zu: «Was machen Sie da? Der Zug wird gleich hier sein.»

Doch seine Worte hatten keine Wirkung auf sie, als wäre er Luft, gar nicht da, für sie nicht existent. Ungelenk wankte Ben ihr entgegen, die Lichter des herannahenden Zuges waren nun schon deutlich zu sehen, nur noch wenige Sekunden, dann müsste er sie erreicht haben. Er war jetzt nur noch wenige Meter von ihr entfernt, es schien, als hätte sein Körper die Kontrolle übernommen, er reagierte nur noch.

Ben schrie jetzt: «Stopp! Lassen sie das!»

Und dann geschah es einfach. Er hatte überhaupt nicht damit gerechnet und es ließ ihn abrupt in seiner Bewegung anhalten. Die Frau war jetzt hinter dem Zaun, aber sie hielt dort für einen Moment inne. Nur für einen kurzen Augenblick, den Bruchteil einer Sekunde wandte sie Ben ihren Kopf zu.

Sie lächelte, nein, sie grinste. Beide Mundwinkel zu einer grotesken Maske hochgezogen. Ben war wie erstarrt. Der Lärm des Zuges, die kalte Winterluft, sein pochendes Herz, alles schien für diesen Moment vergessen. Wie gebannt starrte er auf diese Fratze, sein Blut schien zu gefrieren. Ben konnte sich nicht mehr lösen, er blieb einfach stehen, wie in Trance sah er, dass sich die Frau mit kontrollierten Schritten weiter auf die Gleise vorschob, die Lichter des Zuges erhellten sie noch ein letztes Mal.

«Neiiiiiiiin!», schrie er innerlich, wie ein langgezogener Hall in seinem Kopf. «Sie müssen sie doch sehen, sie müssen abbremsen.»

Es war, als würde sich die Welt um ihn herum auflösen, als hörte sie auf zu existieren. Ein letzter Blick zu der Frau, ein grauenhaftes, dumpfes Knacken, welches in seinem Trommelfell widerhallte. Dann sah er nur noch den Zug, der rhythmisch die Gleise entlang fuhr, Wagon für Wagon, in monotoner Abfolge. Ben atmete schwer. Nur mit Mühe konnte er sich noch auf den Beinen halten. Es dauerte eine gefühlte Ewigkeit, bis der Zug die Gleise wieder frei gab.

Er konnte nicht anders, all sein Mut hatte ihn verlassen. Er wollte nicht mehr dort sein, allein und verlassen. Am ganzen Leib zitternd, trat er in die Pedale und raste die Straßen entlang, in seinen

Ohren konnte er noch immer das Rauschen des Zuges, den Aufprall, das Bersten von Knochen vernehmen. Der Ort schien ihn noch immer zu verfolgen, er wollte einfach nur weg. Stur blickte Ben nach vorne, er sah nicht zurück. Als er bei seinem Elternhaus ankam, hämmerte er mit den Fäusten gegen die Tür. Er suchte gar nicht erst nach seinem Schlüssel, wollte einfach nur ins Haus, einfach nur in Sicherheit. Sein Kopf dröhnte und sein Herz pumpte noch immer in rasender Geschwindigkeit, als ihm seine Mutter nach einer gefühlten Ewigkeit endlich die Tür öffnete.

Sein Vater hatte schließlich die Polizei informiert. Immer und immer wieder hatte er seinen Eltern die Geschichte erzählt, sie geradezu heruntergebetet. Er konnte nicht aufhören, daran zu denken. Nervös wankte er hin und her, stand immer wieder auf, konnte nicht still sitzen bleiben. Das Adrenalin pumpte durch seinen Körper, ohne Unterlass.

Die Gleise wurden natürlich umgehend untersucht, es wurde Kontakt mit den in Frage kommenden Zugführern aufgenommen, die Überprüfung nahm ihren Lauf. Doch am Ende fanden sie nichts.

«Sieht sich Ihr Sohn im Fernsehen zu viele Horrorfilme an?», fragte ein missmutig dreinblickender Beamter seine Eltern am späten Abend. Es gebe nirgendwo eine Frau, geschweige denn eine Leiche. Drei in Frage kommende Züge wurden überprüft, auch die Zugführer wurden befragt. Ihr Sohn habe sich die Geschichte wohl ausgedacht. Mit letzter Kraft beteuerte Ben, dass er die Wahrheit gesagt habe, aber es half nichts. Die Polizisten wandten sich nur noch kopfschüttelnd von ihm ab. Seine Eltern schickten ihn beschämt in sein Zimmer, sie wollten nichts mehr davon hören.

Er ging schweren Schrittes die Treppe zu seinem Zimmer hinauf. Er hatte all seine Energie aufgebraucht. Er ließ sich einfach in sein Bett fallen, sämtliche Kraft war aus seinem Körper gewichen. Doch in seinem Kopf spielte sich die Szene an den Gleisen wieder und wieder ab. Er sah das Gesicht der Frau vor sich, diese grinsende Fratze hatte sich in seinem Gedächtnis eingebrannt. Er hörte den Aufprall ihres Körpers und das Bersten der Knochen. Er würde es sein ganzes Leben nicht vergessen. Er begann zu weinen. Den Weg an den Gleisen hatte er nie wieder betreten.

DAS SCHAF

Spaziergang am Deich, das Wetter ist unbeständig. Leichter Nieselregen, der Wind kommt von Nordosten, der Himmel ist grau und voller Wolken. Ich bin allein und laufe den gepflasterten Weg entlang. Mein Kopf ist voll, ich bekomme ihn einfach nicht leer. Die Arbeit aus der letzten Woche steckt mir in den Knochen. Der Kalender ist voller Termine, dann der Geburtstag bei Freunden, ich habe noch kein Geschenk. So viel zu tun, so wenig Zeit. Ich komme nicht zur Ruhe.

Nach einer Weile treffe ich auf ein einzelnes Schaf. Wie im Boden verankert steht es auf dem Gras, einige Meter von mir entfernt. Die dichte, weiße Wolle schützt es vor der Kälte und dem Wind. Ohne Eile labt es sich an dem saftigen Grün. Es zupft die einzelnen Halme mit zusammengebissenen Zähnen aus der Erde und beginnt zu kauen. Langsam und gleichmäßig bewegt sich der Kiefer, zermalmt die gefundene Nahrung. Der Blick ist trüb, nicht fokussiert.

Ich betrachte das Schaf noch eine Weile bei seiner täglichen Routine. Es ist einfach nur da und frisst, lässt sich nicht aus der Ruhe bringen. Völlig in sein Tun zurückgezogen, abgeschirmt von der Welt. Es lebt in diesem Moment, im Hier und Jetzt. Das Schaf schaut kurz zu mir hoch, es blökt mich an. Dann frisst es weiter.

Ich liege im Bett und kann nicht schlafen. Regentropfen peitschen gegen die Fensterscheibe, die Bäume rauschen im Rhythmus der Windböen, es stürmt schon den ganzen Tag. Die Luft in meinem Zimmer ist stickig und trocken. Unter meiner Decke ist es mir zu warm, ich schwitze. All die Gedanken, die sich im Laufe des Tages angehäuft haben, schwirren in meinem Kopf umher, ich kann sie nicht einfangen, wie kleine Wolken schweben sie um mich herum, sie verspotten mich. Ich finde keine Ruhe. Ich warte. Nur langsam legt sich der Schleier der Müdigkeit über meine Knochen. Der Körper sehnt sich nach Schlaf, nur der Kopf lässt es nicht zu. Der Tag darf noch nicht enden, wir sind noch nicht fertig, flüstert er mir zu. Ich verdamme ihn, will endlich in Ruhe gelassen werden, möchte Frieden. Ich bin selbst die Ursache meiner Qual, aber ich stelle sie nicht ab. Will ich es überhaupt? Ich starre an die Decke. Da ist nichts, nur die weiße Farbe umhüllt von der Dunkelheit. Ich denke nach. Stopp! Aufhören! Ich will schlafen! Wie oft habe ich diese Diskussion schon geführt? Vermutlich zu oft. Ich kann mich nicht wirklich erinnern.

Als die Müdigkeit endlich kommt, geht es mir nicht besser. Der Schlaf ist schlecht, keine Welt des Friedens, der Erholung. Oder bin ich noch wach? Es fühlt sich so real an, als habe sich rein gar nichts geändert. Dann diese Lücke, Dunkelheit, als fiele ich hinunter ins Nichts. Ich öffne meine Augen, ganz langsam, meine Lider sind schwer. Ich fühle mich ganz benommen, mir ist schwindelig, alles dreht sich. Ich will nicht liegen bleiben, muss aufstehen. Schwerfällig rolle ich auf die Seite, ich richte mich auf, kämpfe um Gleichgewicht, um Orientierung, um Halt. Einen Augenblick später bin ich auf den Beinen, wanke umher, wie ein Boxer kurz vor dem alles entscheidenden, die Niederlage besiegelnden Hieb des Gegners. Wie in Trance bewege ich mich zur Zimmertür. Ich will einfach nur raus. Ich halte mich auf den Beinen, irgendwie. Plötzlich stehe ich an der Tür. Warum ging es so schnell? Es ist, als würden einzelne Sekunden fehlen, nur kurze Momente, aber ich habe keine Erinnerung an sie. Ich umfasse die kalte Klinke und öffne die Tür, reiße sie auf. Wo will ich eigentlich hin? Ich weiß es nicht, mein Körper leitet mich von alleine, ich folge ihm wie seine willenlose Marionette. Die Küche, ja, rechts von mir, nur einen Meter entfernt. Irgendetwas zieht mich dort hinein, möchte, dass ich mich dazu geselle. Ich folge dem

Ruf, ich halte die Klinke schon in der Hand, die Tür schwingt auf, als hätte sie die ganze Nacht darauf gewartet.

Mein Blick wandert umher, ich muss mich konzentrieren. Ich kann meine Augen kaum fokussieren, es dreht sich noch immer, ich fühle mich fiebrig. Der Raum ist in Dunkelheit gehüllt, nur vages Licht fällt durch das Fenster. Da sehe ich es! Diese Silhouette. Ein Kopf. Sein Umriss direkt vor dem Fenster. Es ist jemand hier, oder etwas. Ein Schaudern durchfährt meinen Körper, mein Blick wird plötzlich klar, meine Pupillen sind weit aufgerissen. Wer ist da? Ich rufe, ich schreie. Panik breitet sich in mir aus. Der Schatten rührt sich nicht, bleibt regungslos, er verharrt nur wenige Schritte von mir. Mein Kopf dröhnt, ich bin hilflos. In meiner Angst hole ich aus, schwinge meine rechte Faust in Richtung des Schattens. Mein Schlag trifft Luft, nur das Nichts. Erneut versuche ich das Wesen zu treffen, Furcht übermannt mich, aber sie lähmt mich nicht. Ich trete, ich schlage darauf ein. Doch ich berühre es nicht. Mein Blick wird schwammig, ich kann es nicht mehr sehen, ist es noch da? Ich taumle zurück, hinaus aus der Küche, weg von diesem Grauen. Werde ich verfolgt? Meine Beine wollen mich nicht mehr tragen, ich falle nach hinten. Der Aufprall, gleich wird er kommen. Ich werde hilflos sein, ausgestreckt da liegen, regungslos, der Gnade des sich nähernden Alptraums ausgesetzt. Ist es das Ende?

Ich reiße die Augen auf, kann nur schwer atmen, bin beinahe am keuchen. Meine Decke liegt außerhalb des Bettes. Ich sehe mich um, Dunkelheit umgibt mich. Ich taste nach rechts. Nach einer Ewigkeit finden meine Finger den Schalter. Das Licht der Lampe blendet mich, grüne Punkte tänzeln in meinem Blickfeld. Ich bin im Schlafzimmer. Ein Traum? War das alles nicht real? Ich kann schlecht atmen, meine Lunge fühlt sich so schwer an, so trocken. Die Luft ist warm und stickig. Ich halte es nicht aus. Ich renne zum Fenster und reiße es auf. Die Regentropfen klatschen mir ins Gesicht, kühlen meine Haut, ich atme die reine, frische Luft. Ich sehe die Lichter der Laternen auf der Straße, die Bäume winden sich im Sturm, der Wind strömt an mir vorbei ins Zimmer und reinigt die verbrauchte Luft. Langsam kriecht das Leben zurück in meine Glieder. Ich bleibe am Fenster, die ganze Nacht, wenn es sein muss. Ich lausche. Höre ich etwas außer dem Regen oder dem Wind? Ist da was? Schritte? Ich drehe mich um, starre auf die Tür. Sie rührt sich nicht. Das Wasser läuft mir in den Nacken, ich nehme es kaum wahr. Ich rufe. Hallo.

Nichts. Rein gar nichts. Ich bin allein, muss es wohl sein. Alles andere wäre lächerlich, ein Hirngespinst. Aber ich warte, rege mich nicht. Bis zum ersten Licht des kommenden Tages. Ich kann nicht mehr schlafen, will nicht mehr schlafen.

OMA ERNA

Seit nunmehr achtundfünfzig Jahren steht Oma Erna jeden Tag um Punkt 6:00 Uhr auf. Eigentlich müsste sie den Wecker gar nicht stellen, denn ihr Biorhythmus hat sie noch nie im Stich gelassen. Noch vor einigen Jahren hat sie direkt nach dem Aufstehen belegte Brote für Herbert geschmiert, dazu Kaffee aufgesetzt, wovon sie die Hälfte in eine silberne Thermoskanne umgefüllt hat, ebenfalls für ihren Ehemann. Dies hat sie das letzte Mal vor fast genau zwei Jahren getan. Heute ist Herbert nicht mehr da. Sie selbst frühstückt nicht, hat sie noch nie getan und das wird in diesem Leben auch so bleiben.

Sie macht sich in Ruhe im Bad fertig, mit ihren neunundsiebzig Jahren ist Erna nicht mehr die Jüngste und braucht mittlerweile länger. Nächstes Jahr wird sie ihren achtzigsten Geburtstag feiern. Sie kann es gar nicht so recht glauben. Achtzig Jahre. Eine ganz schön lange Zeit ist das.

Gegen 7:00 Uhr begibt sie sich auf ihren Morgenspaziergang. «Wer rastet, der rostet», sagt ihr Hausarzt immer und deshalb bemüht sich Oma Erna, jeden Tag eine längere Strecke zu gehen. In letzter Zeit nutzt sie hierfür ihren neuen Rollator, den ihr ältester Sohn für sie besorgt hat. Es war nicht einfach gewesen, sie davon zu überzeugen, doch sie musste sich eingestehen, dass damit vieles einfacher vonstattenging, im wahrsten Sinne des Wortes.

Den restlichen Vormittag kümmert sie sich um den Haushalt. Wie hatte sie dies damals nur alles geschafft, als die Kinder noch klein waren? Ständig wurde sie unterbrochen, konnte sich nicht einmal zwanzig Minuten am Stück mit derselben Tätigkeit beschäftigen. Früher hatte sie halt noch diese Energie, die ihr mit den vielen Jahren abhandengekommen war. Heute ist alles nicht mehr so blitzsauber, an viele Ecken kommt sie nicht heran und irgendwann tun ihr die Gelenke weh.

Mittagessen gibt es um 11:30 Uhr, etwas früher als bei anderen Haushalten, denn sie frühstückt ja nicht. Kochen kann sie trotz ihres Alters noch immer sehr gut. Ihre Hausmannskost wurde immer zu schätzen gewusst. Sie beherrscht all die Klassiker: Königsberger Klopse, Mehlbeutel, Grünkohl, Braten jeder Art und was es sonst noch so gibt. Doch heute ist es warm, sie hat keinen großen Appetit. Sie macht sich eine einfache Suppe.

Nach dem Essen legt sie sich immer kurz hin, Oma Erna braucht die Erholung, um genügend Kraft für den restlichen Tag aufbringen zu können.

An jedem Dienstag und Donnerstag geht sie ins Seniorenheim. Sie freut sich darüber, die bekannten Gesichter zu sehen. Ab und an verschwindet eines davon, kommt auch nicht wieder zurück. Der Lauf der Dinge, das lässt sich nicht ändern. Doch neue Gesichter kommen dazu, welche die Lücken füllen. Oft wird Bingo gespielt, schon irgendwie klischeehaft, aber es macht Spaß, also was soll's. Doch seit kurzem kann sie die Rufe der anderen Menschen nicht mehr so lange ertragen. Die Lautstärke dröhnt nach einer gewissen Zeit unangenehm in ihren Ohren. Das Signal für sie, dass es an der Zeit ist, aufzubrechen.

An den anderen Tagen bekommt sie gelegentlich Besuch von Elfriede, der guten Seele. Sie wohnt nur eine Straße weiter. Elfriede ist noch ziemlich gut zu Fuß. Die war immer fit und bleibt es wohl noch eine ganze Weile. Liegt wohl an den Genen. Manche Leute haben halt mehr Glück als andere. Gudrun indes kommt nicht mehr zu Besuch. Die ist jetzt fest im Pflegeheim einquartiert. Gut unterhalten kann man sich auch nicht mehr mit ihr. Sie vergisst vieles und ist oft gar nicht mehr richtig da. Das Alter besiegt irgendwann jeden, man kann es nur hinauszögern. Gewonnen hat noch keiner.

Ihre Kinder kommen Oma Erna immer seltener besuchen. Selbst die Enkelkinder sind ja bereits erwachsen, die haben auch nicht mehr die Zeit und die Lust. Oma Erna kann das verstehen, sie ist nicht böse, die Kinder leben ihr eigenes Leben und das ist gut so. Letzte Woche hat ihr Ältester sie angerufen, sie haben etwa eine halbe Stunde telefoniert, dann wurde sie müde. War schon recht spät, zumindest für ihre Verhältnisse.

Um 17:30 Uhr isst sie Abendbrot. Es gibt Brot mit Aufschnitt. Heute bekommt sie nicht so viel herunter, ihr ist etwas unwohl. Liegt wohl an der Wärme, die Wohnung hat sich über den Tag ziemlich aufgeheizt. Hitze konnte sie ja noch nie wirklich gut ab.

Um 18:00 Uhr sieht sie sich die Regionalnachrichten im dritten Programm an. Manchmal läuft danach noch eine Dokumentation, dann lässt sie den Fernseher eingeschaltet. Früher hat sie noch gern ein Buch gelesen, doch dies fällt ihr immer schwerer. Ihre Augen sind nicht mehr die besten.

Gegen 20:30 Uhr macht sie sich fertig für die Nachtruhe. Sie braucht ihren Schlaf, heute umso mehr. Sie fühlt sich ausgelaugt, total schlapp.

Und so endet der Tag von Oma Erna. Morgen steht sie nicht um 6:00 Uhr auf, da kann der Wecker noch so laut klingeln. Diesmal bleibt sie einfach liegen.

SÜNDE

<u>06. Februar</u>

Nun sitze ich wieder hier und schreibe. Eigentlich wollte ich das nicht mehr, aber irgendeine unbekannte Kraft lässt mich wieder zum Schreibtisch wandern. Meine Knochen sind schwer, ich bin müde und nur langsam kann ich mit meinen Fingern die Worte formen, die ich niederzuschreiben gedenke. Ich frage mich in letzter Zeit immer häufiger, was ich überhaupt noch zu erzählen habe. Da ist nicht mehr viel, die Erinnerungen verblassen. Was gesagt werden musste, habe ich gesagt, mein Leben ist auserzählt. Aber wenn ich ehrlich bin, dann fehlt noch eine Geschichte, etwas, das mich nicht loslässt, sich in meinen Gedanken umhertreibt, unruhig darauf wartet, ausgesprochen zu werden. Ich habe es mein Leben lang versucht zu verdrängen, es in einen Teil meines Gehirns geschoben, wo es verrotten sollte. Es ist bereits so lange her, liegt Jahrzehnte zurück. Ich habe versucht zu vergessen, mich wirklich angestrengt, doch letztlich waren meine Bemühungen immer zum Scheitern verurteilt. Diese Ereignisse konnten mich tatsächlich nie loslassen, haben sie mich doch zu dem werden lassen, der ich war und der ich noch immer bin. Sollte ich um Vergebung bitten? Ich denke, dafür ist es mittlerweile zu spät. Aber ich muss diese letzte Geschichte aufschreiben, ist sie doch die wichtigste von allen, auch wenn sie voller Schmerz und Leid ist.

Ich war noch ein Kind von dreizehn Jahren. Ich tat, was ein Junge in diesem Alter zu tun gedenkt. Lust auf die Schule hatte ich nicht, meine Noten reichten immer gerade so für eine Versetzung aus. Ich war nicht dumm, keineswegs, allerdings lernte ich nie mehr, als es mir notwendig erschien. Die meiste Zeit verbrachte ich mit meinen besten Freunden Dave und Charlie.

Manchmal vermisse ich die beiden, auch wenn sie seit langer Zeit nicht mehr unter uns weilen. Nachdem wir von der Schule gegangen waren, hatten sich unsere Wege zunächst getrennt. Wir hielten noch Kontakt, in dem Maße wie es jungen Männern zu jener Zeit eben möglich war. Ich weiß noch, dass mich die Nachricht über Daves Tod tief getroffen hat. Er starb an einer Überdosis, welche Art von Droge genau, kann ich nicht sagen, wahrscheinlich lässt es sich nicht auf eine einzige begrenzen. Es geschah nur etwa ein Jahr nach unserem Abschluss, als unsere Leben doch erst beginnen sollten. Er hatte nie die Möglichkeit gehabt, ein solches zu begehen. Charlie traf es etwa zehn Jahre später. Ein Verkehrsunfall, vielmehr gibt es dazu nicht zu sagen. Auch sein Tod erfüllte mein Herz mit Trauer, aber viel mehr war es die Angst, die mir zu jener Zeit am meisten zusetzte. Wann war ich an der Reihe? Ich habe mich in letzter Zeit oft gefragt, warum mir so ein langes Leben vergönnt war? Warum ausgerechnet ich? War das meine Strafe? Ein Leben mit der Angst als ständiger Begleiter? Ich weiß es nicht, aber nach all den Jahren halte ich es für durchaus wahrscheinlich.

Meine Finger schmerzen bereits vom Schreiben, sie sind es einfach nicht mehr gewohnt, wohl etwas aus der Übung. Vielleicht sollte ich ihnen etwas Ruhe gönnen. Auch meine Augen scheinen langsam träge zu werden. Es kam mir vor, als hätte ich etwas gesehen, draußen auf dem Gehweg, an der alten Parkbank direkt unter der Straßenlaterne. Aber da ist nichts, nur feiner Schnee, der sich niedergelassen hat, und der kalte Wind des Februars.

07. Februar

Die Kälte des Winters scheint mein Heim erreicht zu haben, anders kann ich es mir nicht erklären. Es wird nicht richtig warm in meiner Schreibstube. Oder kann ich die Wärme nicht mehr spüren, sorgen die wiederaufkeimenden Erinnerungen in mir für diesen frostigen Schauer? Es ist an der Zeit, dass ich mich beeile, nicht noch weitere wertvolle Kraft für Belanglosigkeiten vergeude.

Es war seinerzeit ein eisiger Tag im Februar. Generell war es ein ungewöhnlich kalter Winter, zumindest für unseren Breitengrad. Die Böden waren vereist, dicke Schneemassen mussten von den Straßen und Wegen geschaufelt werden. Dave, Charlie und ich hatten uns zu dieser Zeit oft am alten See tief im Wald herumgetrieben. Ich kann noch heute mein dreizehnjähriges Ich vor mir sehen, wie es mich von der Fläche des zugefrorenes Sees anstarrt. Ich war noch unschuldig, ein Kind. Fast immer waren wir alleine, zu wenige nahmen den Weg auf sich, zu lang und beschwerlich erschien er den Menschen. So manch einer fürchtete, sich zu später Stunde im Wald zu verirren, wenn die Dunkelheit alles einnahm. Bis spät in die Abendstunden war ich mit meinen Freunden unterwegs, dick eingepackt gegen die Kälte. Doch sie machte uns nichts aus. Ich kam zu dieser Zeit immer sehr spät nach Hause, doch meinen Eltern war es ohnehin gleich, was ich tat. Für meinen Vater waren nur meine schulischen Leistungen wichtig, an mir selbst oder meinen Träumen und Wünschen hegte er kein sonderliches Interesse. Für ihn war bereits damals klar, dass ich seinen kleinen Laden übernehmen würde, wenn die Zeit reif war. Etwas, das ich nie gewollt habe, und letztlich ist es auch nie dazu gekommen. Irgendwann wurde der Laden von einer größeren Kette geschluckt, bis zur Unkenntlichkeit renoviert und mein Vater verbrachte seine letzten Jahre in Verbitterung, bis er nicht nur seine Gedanken in Alkohol ertrunken hatte. Meine Mutter hatte ihn da schon längst verlassen. Wir waren keine glückliche Familie. Aber das ist eine andere Geschichte, die ich nicht weiter auszuführen gedenke.

Die Kälte zieht in meine Finger, sie sind schon ganz taub. Ich werde schon wieder frühzeitig mit dem Schreiben aufhören müssen, aber ich kann nicht mehr. Auch die alte Straßenlaterne draußen scheint mit den Temperaturen zu kämpfen. Sie flackert ständig für einige Sekunden. Es ist einfach zu kalt geworden, ich kann mich an keinen Februar erinnern, in dem das Thermometer auf unter zehn Grad minus fiel. Außer vielleicht damals vor sechzig Jahren.

09. Februar

Ich muss mich entschuldigen. Am gestrigen Tage habe ich es einfach nicht fertiggebracht, die Geschichte weiterzuschreiben. Ich habe einen Tag verloren, doch es war mir einfach nicht möglich. Ich saß bereits am Schreibtisch, den Stift in der Hand. Doch es gelang mir nicht, diesen auf das Papier zu setzen, Buchstaben und Worte zu formen. Starr saß ich dort, ich weiß nicht, wie lange. Irgendwas hielt mich in seiner Umklammerung, ließ es nicht zu. Ich kann es nicht besser erklären. Es sind hier Mächte am Werk, von denen ich nichts verstehe, was über meinen Horizont hinaus geht. Da ist nur eines, diese dunkle Vorahnung. Meine Worte mögen kryptisch erscheinen, das ist mir bewusst, aber es sind die Gedanken eines alten, verwirrten Mannes.

Am heutigen Tage scheint wieder etwas von der Wärme in meine Glieder zurückgeströmt zu sein. Von daher werde ich die Geschichte nunmehr fortsetzen und mich nicht weiter in ein Rätsel vertiefen, dessen Lösung mir selbst noch nicht offenbar geworden ist.

Besagtes Ereignis, welches ich zu beschreiben gedenke, hat vor sechzig Jahren stattgefunden. War es sogar auf den Tag genau vor sechzig Jahren? Ich bin mir nicht sicher. Dave, Charlie und ich waren allein beim alten See. Die Sonne war längst untergegangen, Dunkelheit hüllte die Szenerie ein. Lediglich die alte Laterne am Ufer spendete Licht, ein erbärmliches, unheilvolles Leuchten. Wir hatten zusätzlich Taschenlampen dabei, um besser sehen zu können. Wir hielten uns für große Abenteurer, waren in unserer Fantasie bekannte Polarforscher, berühmt und im Herzen voll des Mutes. Die Träume von Kindern, nichts weiter. Ich weiß noch, wie es mir gefiel, mich in diese Traumwelten zu flüchten, ohne dafür getadelt zu werden. Hier schien ich jemand zu sein, der ich sonst nie gewesen war und auch nie werden sollte. Und in den Blicken meiner Freunde sah ich, dass es ihnen ähnlich erging. Zumindest glaubte ich es. Vielleicht brachte uns dieser Großmut dazu, den nunmehr folgenden Fehler zu begehen, den ich mit der Zeit aus meinem Gedächtnis zu verdrängen versuchte, um endlich Frieden zu finden. Doch es war mir nie vergönnt. Letztlich habe ich das wohl auch verdient.

Ich kann kaum noch aus dem Fenster blicken, dichtes Schneetreiben herrscht hinter der Scheibe. Doch es scheint mir, als stünde dort draußen jemand. Direkt an der Straßenlaterne. Ist es ein Trugbild? Wahnsinn, der sich in mir ausbreitet? Ein Schatten, dunkel und drohend. Ich schaffe es heute nicht mehr, die Geschichte zu beenden. Es tut mir leid. Ich werde die Lichter löschen, ins Bett gehen und mich verstecken. Ich kann nicht mehr nach draußen sehen.

10. Februar

Ich will nicht mehr schreiben! Nein, es ist sinnlos. Je weiter ich schreibe, je näher ich dem Ereignis komme, desto mehr bekomme ich den Eindruck, mein eigenes Schicksal zu besiegeln. Einen Abschluss herbeizuführen, der das Ende bedeutet. Ich habe Angst! Sie mögen es für die unsinnigen Worte eines verrückten, alten Mannes halten, doch dem ist nicht so. Irgendwas geschieht hier, ich bin nicht mehr alleine. Der Schatten, er wird immer größer, immer klarer. Eine Gestalt ist dort draußen, sie beobachtet mich, dessen bin ich mir sicher. Doch sie verändert sich, sie bewegt sich. Während ich eilig die Worte auf das Papier kritzle, setzt sie sich in Gang, schlurfend bewegt sie sich in meine Richtung. Schon kann ich sie nicht mehr sehen, sie befindet sich nicht mehr auf der Straße. Oh nein. Ich höre Schritte, Schritte im Treppenhaus. Irgendwas ist an meiner Tür, drückt leicht die Klinke hinunter. Doch sie kann nicht herein, das ist nicht möglich, das darf nicht sein. Die Kälte scheint zuzunehmen, erfüllt den Raum. Mein Atem bildet Nebelschwaden in der Luft. Ich werde so müde, so schläfrig, das Leben verlässt mich, ich kann es spüren. Ist es das Ende?

11. Februar

Wieder und wieder blicke ich auf meine Worte vom gestrigen Tage. Ich kann mich nicht daran erinnern, sie niedergeschrieben zu haben. Der ganze Abend ist wie ausgelöscht. Ich setzte mich an den Schreibtisch, um die Geschichte zu beenden. Doch dann war da nichts mehr. Ich bin irgendwann aufgewacht, das Gesicht auf dem Papier, den Stift noch in fester Umklammerung meiner Finger. Mein gestriger Eintrag erfüllt mich mit Furcht. Wie viel Zeit bleibt mir noch? Ich kann es lediglich erahnen. Ich muss es zu Ende bringen, ich muss es erzählen, ein für alle Mal.

Mittlerweile ist mir das Datum wieder eingefallen. Es war seinerzeit am 12. Februar. Der Jahrestag nähert sich. Dave, Charlie und ich befanden uns noch immer auf dem Eis, doch langsam wurden auch unsere Körper müde, wir waren durchgefroren, sehnten uns nach der Wärme unserer Elternhäuser. Wir wollten gerade nach Hause gehen, da sah ich ihn. Den kleinen Jungen, er stand direkt unter der alten Laterne. Ich kann mich noch genau daran erinnern, wie er uns anstarrte. Ich sehe ihn in seinen alten, vergilbten Klamotten vor mir. Ich kann mich an alles erinnern, nur sein Name, sein gottverdammter Name fällt mir nicht ein. Er ging auf unsere Schule, das wusste ich. Sie lachten ihn alle aus, diesen dreckigen Jungen aus dem Waisenhaus. Arm und verloren. Ein Außenseiter, mit dem niemand etwas zu tun haben wollte. Unscheinbar, uninteressant, ohne Namen. Wie alt muss er gewesen sein? Sieben? Ich konnte es in seinen Augen sehen. Er wollte dazugehören, schon immer. Als wir uns ihm näherten, konnte ich sehen, dass er geweint hatte. Seine Augen waren gerötet, Tränen hatten Rinnsale auf seinen Wangen gebildet. Flehend blickte er uns an.

«Ich weiß nicht, wo ich bin. Ich habe mich verlaufen.»

Ich kann ihn noch heute hören, seine Stimme ist in meinem Kopf, so klar und deutlich, als stünde ich wieder auf der vereisten Fläche des Sees. Wir haben nur gelacht, seine Angst bereitete uns Spaß. Wir fühlten uns überlegen, die großen, unfehlbaren Polarforscher.

«Bitte, könnt ihr mir sagen, wo ich lang muss, um zurück in die Stadt zu kommen? Es ist so dunkel, ich finde den Weg nicht.»

Wir hätten ihn mitnehmen, ihm einfach den Weg zeigen können. Die Starken helfen den Schwachen. Das wäre das einzig Richtige gewesen, es war alternativlos. Aber wir taten es nicht.

«Wir spielen doch nicht den Babysitter.» Hatte ich diese Worte ausgesprochen? Oder waren es meine Freunde? Ich kann es nicht mehr sagen, ich sehe nur den entsetzten Ausdruck in dem Gesicht des kleinen Jungen. Wir gingen davon, ließen ihn einfach zurück. Er war uns nicht wichtig genug. Selbst jetzt hätte es noch eine Möglichkeit gegeben, all das abzuwenden, irgendwie noch das Schicksal zu ändern. Aber wir hatten uns längst für den Abgrund entschieden und sprangen willentlich hinein.

Natürlich lief er uns nach, in der Hoffnung, wir würden ihn durch den Wald führen. An eine Stelle, wo seine Orientierung wieder einsetzen würde, er den Weg alleine finden könne. Und was taten wir? Gingen absichtlich in die falsche Richtung, mal nach links, dann nach rechts. Ich schäme mich es zuzugeben, doch es machte uns Spaß, bereitete mir Freude. Das Gefühl der Überlegenheit, so herrlich. Er hatte Schwierigkeiten, mit uns Schritt zu halten. Immer wieder bemerkte ich, wie er stolperte, in der Dunkelheit an Büschen hängen blieb. Irgendwann verging uns dann die Lust an dem Spiel. Wir schalteten die Taschenlampen aus, denn der Mondschein genügte uns, um den Weg aus dem Wald zu finden. Das mag manch einem vielleicht merkwürdig vorkommen, doch zu oft waren wir den Weg gegangen, wir kannten ihn auswendig. Als wir die ersten Straßen erreichten, grinsten wir uns an, lachten über unseren Streich, selbstverliebt und dumm. Der kleine Junge blieb zurück. Wir ließen ihn zurück. Wir hatten uns entschieden.

Seine Leiche wurde erst Tage später gefunden. Die Suchmannschaften erzählten mit Grauen in den Stimmen von dem Ausdruck auf seinem Gesicht, die Angst, die Hoffnungslosigkeit war durch die Kälte auf ewig darauf gebannt. Seine letzten Stunden, Minuten, Sekunden müssen schrecklich gewesen sein. Ein tragisches Unglück. Die Untersuchung selbst war kurz. Er war aus dem Waisenhaus abgehauen, wollte sich verstecken, doch verlief er sich letztlich im Wald und unterzeichnete damit sein Todesurteil. Die bittere Kälte des Winters war die Schuldige an seinem Dahinscheiden, da waren sich alle sicher. Wir Freunde indes blieben stumm, wagten nicht, die Wahrheit aufzudecken. Wir schworen es uns, das Geheimnis in alle Ewigkeit zu bewahren. Nun bin ich es, der dieses Versprechen brechen muss. Dave und Charlie mögen es mir verzeihen, wo auch immer sie sein mögen. Dies ist das Ende der Geschichte, ich habe alles gesagt. So hat es sich zugetragen. Ich habe meine letzte Aufgabe erfüllt.

12. Februar, 00:05 Uhr

Meine Hände zittern. Ich vermag kaum noch weitere Worte niederzuschreiben. Doch ich tue es dennoch, kann nicht einfach nur warten. Ich habe die letzten zwei Stunden reglos dagesessen, die Zeiger der Uhr wanderten unentwegt voran, aber rühren konnte ich mich nicht. Ich horchte. Bei jedem Geräusch zuckte ich zusammen, durchfuhr es meinen gesamten Körper. Es schien, als habe der Wind aufgehört zu heulen, das Schneetreiben kam zum Stillstand. Wenn ich aus dem Fenster blicke, sehe ich die klare Winternacht. Die Sterne leuchten hell, der Mond prangt stolz und erhaben am Himmel. Und da sehe ich ihn, den kleinen Jungen. Er steht unter der Straßenlaterne, blass und weiß. Er sieht mich an, ohne Furcht, ohne Wut, eine ausdruckslose Grimasse. Er trägt die gleichen Lumpen wie in der Nacht vor sechzig Jahren. Und neben ihm steht der Schatten, die Gestalt, gehüllt in einen schwarzen Umhang, das Gesicht mit einer Kapuze verdeckt. Und während ich sie nur anstarren kann, setzen sie sich langsam in Bewegung. Die Gestalt nimmt den kleinen Jungen bei der Hand, führt ihn sicher über die Straße. Ich kann sie nicht mehr sehen, doch vernehme ich jetzt Geräusche im Treppenhaus. Tack, tack, tack. Wie Knochen auf Holz nähern sich die Schritte. Ich spüre die zunehmende Kälte, als sich die Tür langsam hinter mir öffnet. Sie schwingt einfach auf. Sie sind da. Ich werde den Stift zur Seite legen, denn ich werde abgeholt und möchte meine Besucher nicht warten lassen. Ich weiß nicht, wohin sie mich geleiten werden, und die Angst betäubt meinen Körper. Doch gleichzeitig ist es eine Erlösung, vielleicht kann ich endlich Frieden finden. Die Hoffnung eines Narren, das gebe ich zu. Ich spüre eine Hand auf meiner Schulter. Es ist Zeit. Ja, ich komme.

«Was siehst du dir da an?» Tanja legte die Arme um ihn und sah auf den Monitor.

«Nur alte Fotos», war seine knappe Antwort. Michael saß schon seit über einer Stunde vor dem Rechner und klickte sich durch die alten Ordner auf der Festplatte. Er hatte Tanja gar nicht ins Zimmer kommen hören. Sie küsste ihn zärtlich auf seine Wange.

«Von wann sind die denn?» Sie kicherte leise und zeigte auf ein Foto, welches eine Gruppe junger Männer zeigte. Sie standen dort in einer Reihe, die Arme jeweils übereinander gelegt und grinsten in die Kamera, der ein oder andere Blick wirkte leicht glasig.

«Das muss 2008 auf einer Fete entstanden sein», antwortete Michael und blickte wie gebannt auf das Bild.

«Da hast du ja noch richtig jung und gut ausgesehen.» Tanja warf ihm einen neckischen Blick zu, den Michael jedoch überhaupt nicht wahrnahm. Sie stutzte. «Alles in Ordnung bei dir?»

«Ja, natürlich.» Michael brauchte einen kurzen Moment, um aus seiner Starre zu erwachen. Klar war er jung auf diesem Foto, es lag auch schon so lange zurück. Dennoch, es kam ihm vor, als wäre es erst vor wenigen Wochen gewesen. Er konnte sich erinnern, welche Musik an diesem Abend lief, sie tranken Wodka-Energy, dieses eklige Zeug. Es war ein schöner Abend, sie hatten Spaß.

«Sag mal, ist das dort Kaspar?» Wieder zeigte Tanja mit dem Finger auf den Bildschirm, dieses Mal auf den Mann, der ganz am rechten Bildrand des Fotos abgebildet war.

Michael räusperte sich kurz. «Ja, das ist er.»

Es kehrte kurz Stille ein, beide blickten wie gebannt auf die Fotografie. Es war Tanja, die das Wort als erste wieder ergriff.

«Weißt du, er sieht da so glücklich aus. Ich meine, er lächelt, er sieht richtig gut aus. So…» Sie brachte den Satz nicht zu Ende.

«So sieht er aus. Ja, da hast du Recht.»

«Bleib nicht mehr so lange wach, ok?» Tanja löste sich wieder von ihm.

«Ja, ich komme gleich auch ins Bett.»

Er hörte, wie sie sich langsam aus dem Raum entfernte. Nun war er wieder alleine. Er hatte seine Augen die ganze Zeit nicht vom Bildschirm gelöst. Nicht einmal seine Frau hatte er anschauen können. Es vergingen weitere fünf Minuten, in denen er einfach nur auf die Fotografie sah. Doch es war nicht das Foto, es war dieser eine Mensch, sein bester Freund, von dem er sich nicht lösen konnte.

«Glücklich», murmelte Michael vor sich hin. «Warst du wirklich glücklich?»

***

Die Musik dröhnte laut aus den Boxen, rhythmisch bewegte er seinen Körper zum Takt der Musik. Zumindest glaubte er es, denn er war ziemlich betrunken. Er blickte nach oben, die bunten Lichter der Scheinwerfer blendeten ihn, ein breites Spektrum an bunten Farben, sie tanzten in seinen Augen. Schweiß tropfte ihm vom Gesicht, sein Herz pulsierte in seiner Brust. Laut brüllte er den Song mit. Seine Freunde taten es ihm gleich. Alle waren sie auf der Tanzfläche, die Luft war stickig, der Boden klebte unter den Turnschuhen. Der DJ drehte zur Höchstform auf, der Bass pumpte durch seinen Körper, die Menge tobte.

«Boah, ich muss was trinken.» Stefan hatte sich zu ihm gewandt.

«Was?», schrie er in dessen Richtung.

Stefan kam näher, direkt an sein Ohr. Er konnte sein billiges Deo und den Alkohol in seinem Atem riechen.

«Ich will was trinken?», brüllte er in Michaels Ohr.

Michael nickte nur und zeigte Richtung Tresen. Langsam kämpften sie sich durch die feiernde Menge.

«Was willst du?» Er konnte Stefan nun etwas besser verstehen, nachdem er nicht mehr direkt neben einer der Lautsprecherboxen stand.

«Wodka-Energy», antwortete er mit einem Grinsen. Während sie auf ihre Getränke warteten, wippte Michael mit seinem Fuß zum Takt der Musik.

«Wie spät ist es eigentlich?», fragte er Stefan.

«Guck doch auf die Uhr.»

«Hab ich vergessen, ey. Du hast doch eine um, zeig mal.» Er griff in Richtung von Stefans Unterarm.

«Jo, Finger weg, Mann. Ich sag es dir ja schon. Warte...» Stefan kniff die Augen zusammen, um im diffusen Licht besser sehen zu können. «Zwei Uhr... ne, warte. Drei Uhr fünfundzwanzig, fast halb.»

«Ah ok, danke. Sag mal, hast du Kaspar gesehen? Der wollte doch vorhin nur kurz aufs Klo. Seitdem ist er weg.»

«Kaspar?» Stefan runzelte die Stirn. «Ich dachte, der ist schon zu Hause?»

«Zu Hause? Echt jetzt? Ist doch so geil hier.»

«Doch, vor einer Stunde, glaube ich. War wohl müde oder so.» Stefan zuckte mit den Schultern.

«Müde?», dachte Michael. «Er war doch so gut drauf. Er hat sich nicht einmal verabschiedet.» Da klopfte ihm Gustav von hinten auf den Rücken.

«Komm wieder auf die Tanzfläche. Da sind ein paar echt heiße Mädels.» Michael grinste. An Kaspar dachte er an diesem Abend nicht mehr.

***

«Kommst du endlich?» Michael rief die Treppe hinauf.

«Ich brauch noch fünf Minuten», schallte es dumpf von oben herab. Tanja war noch im Badezimmer.

Michael schaute auf seine Armbanduhr. Schon Viertel vor sieben. Sie würden zu spät kommen, da war er sich sicher. Er ließ seine Augen durchs Wohnzimmer streifen. Er mochte diese Momente nicht, Momente, in denen er warten musste und er nicht wusste, was er tun sollte. Einfach nur rumstehen oder rumsitzen. Zum Nichtstun verurteilt, das hasste er. Michael begann langsam das Wohnzimmer zu durchschreiten. Sein Blick fiel auf den Fernseher, aber es würde sich kaum lohnen, diesen einzuschalten. Auf einem der Schränke entdeckte er eine neue Vase und einen bemalten Igel aus Ton. Tanja hatte wieder mal umdekoriert, dies war eindeutig die Herbstdekoration. Doch dazwischen sah Michael das alte Bild von ihrer Hochzeit. Er nahm es hoch und hielt es sich näher vors Gesicht. Mittlerweile waren bereits vier Jahre vergangen, doch es kam ihm vor wie gestern. Tanja in ihrem weißen

Brautkleid. Sie sah einfach atemberaubend aus. Bei der Fotografie handelte es sich um ein Gruppenfoto, neben dem Brautpaar befanden sich Familienangehörige und die besten Freunde. Michaels Blick fiel über ihre Gesichter, wie sie ihn anlächelten, an dem schönsten Tag seines Lebens. Sie alle strahlten in die Kamera, auch Kaspar war dort. Wie alle Personen auf der Fotografie hatte er seine Mundwinkel zu einem Lächeln hochgezogen. Aber irgendwas war anders an ihm. Michael hielt das Foto noch etwas näher an sein Gesicht. Es waren die Augen, die ihn genauer hinsehen ließen. Kaspars Augen. Klar und blau, wie sie schon immer waren, ein herzlicher, freundlicher Blick. So hatte er sie jedenfalls in Erinnerung. Aber wenn er sie jetzt ansah, schien etwas nicht zu stimmen. Da war etwas in seinem Blick, er konnte es nicht beschreiben. Etwas, das nicht zu dem Lächeln in seinem Gesicht passte. Denn die Augen lächelten nicht.

«Da bin ich. Wie sehe ich aus?» Tanja stand am unteren Rand der Treppe und präsentierte ihr Outfit.

«Was?» Michael wurde aus seinen Gedanken gerissen und musste sich kurz orientieren. Tanja, ihr Outfit, das Essen, die Verabredung. «Ach so, ja, du siehst klasse aus.»

«Naja, das klang jetzt aber nicht wirklich überzeugend.» Tanja schnitt eine Grimasse.

«Nein, entschuldige, ich war nur in Gedanken, dein Outfit ist wirklich super.»

Tanja strahlte. «Ja, oder?», bestätigte sie sich selbst. «Jetzt können wir los, oder willst du weiter hier rumstehen?»

Michael stellte das Bild zurück auf die Anrichte. «Nein, wir können losfahren.»

***

So langsam wurde er wirklich müde. Kein Wunder, schließlich war es auch ein langer Tag und eine noch längere Nacht gewesen. Michael hatte sich etwas zurückgezogen und stand draußen vor dem Lokal. Einige der letzten Gäste hatten sich gerade von ihm verabschiedet und stiegen ins Taxi. Jetzt genoss er die kühle Luft des heranbrechenden Tages. Die Sonne ging bereits langsam am Horizont auf. In seinem Kopf ließ er die vergangenen Stunden noch einmal Revue passieren. Die Fahrt zur Kirche, Tanja in ihrem Brautkleid, die Tränen bei der Zeremonie. Er konnte sie einfach nicht zurückhalten, zu glücklich war er in diesem Moment gewesen. Als würde die ganze Welt in diesem Augenblick für sie beide stillstehen. Die anschließende Feier mit den Menschen, die ihm am wichtigsten waren. Familie, Freunde, sie alle waren hier. Michael lächelte. Es war wirklich ein perfekter Tag, besser hätte es nicht laufen können. Generell hätte sein Leben bislang nicht besser laufen können, er fühlte sich wie der glücklichste Mann der Welt. Er hatte alles, was er brauchte, was er jemals wollte. Er hörte, wie die Tür hinter ihm geöffnet wurde.

«Ach, hier bist du. Ich dachte, du hättest dich schon aus dem Staub gemacht.» Es war Kaspar.

«Naja, ich kann nicht einfach so abhauen. Ich muss wegen des Finanziellen ohnehin noch mal mit dem Inhaber reden. Der lässt mich vorher bestimmt nicht gehen.» Michael grinste.

Kaspar kam langsam auf ihn zu. Infolge des schwachen Lichts waren seine Umrisse zunächst nur schemenhaft zu erkennen, wurden dann nach und nach deutlicher und gaben einen schlanken, gutaussehenden Mann zu erkennen, dem die letzten Stunden mit zu viel Alkohol und zu wenig Schlaf jedoch deutlich anzusehen waren. Kaspar ließ die Arme auf einen naheliegenden Zaun sinken und blickte auf das Feld, welches sich zwischen vereinzelten Bäumen auftat. Die Sonne war jetzt schon deutlicher zu erkennen, der Tau klebte auf den Blättern, leichte Nebelschwaden umspielten die Szenerie.

«Das war eine schöne Feier», sagte Kaspar ruhig, seine Stimme war trotz der durchzechten Nacht klar und fest. «Ich freue mich für dich. Mit Tanja hättest du keine Bessere finden können.» Er blickte sich zu Michael um und ein mildes Lächeln umspielte seine Mundwinkel.

«Danke, das bedeutet mir echt viel», antwortete Michael. «Und auch danke, dass du den Job als Trauzeugen übernommen hast.»

«Aber natürlich, das hätte ich doch nie ausschlagen können.» Die beiden Freunde blickten sich an, für einen Augenblick sagte keiner von ihnen etwas.

Es war Michael, der als erster das Wort wieder ergriff: «Jetzt müssen wir nur noch jemanden für dich finden.»

«Ach, das ist doch jetzt nicht wichtig.» In dem Licht der aufgehenden Sonne schien Kaspar leicht zu erröten. «Irgendwann klappt das schon.»

Michael ging auf seinen Freund zu und legte ihm die Hand auf die Schulter. «Schade, dass es mit Lisa nicht geklappt hat. Tanja und ich, wir hatten gehofft, dass ihr beide zu der Hochzeit kommt. Es schien doch alles so gut zwischen euch zu passen.»

«Hmm.» Kaspar murmelte lediglich vor sich hin.

«Tut mir leid, ich wollte das Thema nicht wieder aufmachen, ich weiß, dass es dich noch belastet.»

«Alles gut.» Kaspar wandte sich Michael zu und versuchte zu lächeln, doch wirkte es dieses Mal gespielt. «Sie war einfach nicht die Richtige. Ist halt so. Gehen wir wieder rein?»

«Ja klar, es wird langsam Zeit.» Zusammen gingen die Freunde wieder in Richtung des Lokals, als Michael kurz innehielt.

«Eins noch, Kaspar.»

«Was denn?»

«Wenn du mal reden möchtest, falls etwas ist, was ich tun kann, dann sag es einfach, okay?»

«Natürlich, das mache ich.»

Und als ihm Kaspar in diesem Moment in die Augen sah, konnte Michael nicht anders, als zu bemerken, dass hinter diesen Augen mehr war. Etwas, das er nicht sehen konnte, undeutlich, wie hinter einem Schleier. Er hätte Kaspar so gerne geholfen.

***

«Sag bloß, du hast es noch?» Stefan sah ihn ungläubig an.

«Natürlich, was denkst du denn?» Michael sah Stefans weit aufgerissene Augen und lachte laut los. «Du etwa nicht?»

«Äh, ne. Hab es wohl über die Jahre einfach verlegt.» Er zuckte mit den Schultern.

«Du hast schon damals alles verlegt», sagte Michael, wobei er vor allem das letzte Wort auffallend betonte.

«Ach, jetzt fang doch nicht wieder damit an. Zeig mal.» Begierig blickte er auf das Album in Michaels Händen.

Michael setzte sich zu Stefan auf das Sofa und gemeinsam blätterten sie in dem alten Jahrbuch aus gemeinsamen Schulzeiten. Während das ein oder andere Bier geleert wurde, merkten sie gar nicht, wie die Zeit verging.

«Weißt du noch, die alte Frau Köhlert?»

«Boah, wie könnte ich die vergessen. Die hat mich so oft nachsitzen lassen. Die konnte mich nicht ab.» Stefan verdrehte theatralisch die Augen.

»Du hast ihr auch allen Grund dazu gegeben.»

Stefan blickte ihn kurz finster an, dann prustete er los: «Haha, ja, ich glaube, ich hatte es wirklich verdient. Man, was haben wir auch teilweise für eine Scheiße abgezogen, oder? Michael?»

Michael hatte nur halb hingehört. Seine Aufmerksamkeit hatte er auf ein eher unscheinbareres, kleines Bild in einer der Ecken gelegt. Stefan folgte seinem Blick.

«Oh», war seine Reaktion. Kurz wurde es still, das Lachen war verstummt.

Michael räusperte sich: «Ist dir aufgefallen, dass er auf gar nicht so vielen Fotos abgebildet ist? Ich meine, klar gibt es auch Bilder von ihm, aber wenn ich das mit den anderen vergleiche, kommt er doch eher selten vor.»

«Naja», begann Stefan, «er war ja auch einfach der zurückhaltende Typ. Er hat sich nicht unbedingt für Fotos aufgedrängt.»

«Hmm, ja, stimmt.»

«Und vergiss nicht, wer für das Jahrgangsbuch verantwortlich war. Das waren doch überwiegend Maike, Charlotte und Thies, wenn ich mich richtig erinnere. Von denen und deren besten Freunden sind eh die meisten Bilder drin. So jemand Unscheinbares wie Kaspar wird da eher vergessen.»

Michael nickte. «Ja, irgendwie unfair.»

«Tja, so ist das eben.»

Ihre Aufmerksamkeit war wieder auf das Bild gerichtet. Es zeigte sie bei einem der Schulausflüge. Eine Gruppe von Jugendlichen war auf der Fotografie zu sehen. Es war eher ein Schnappschuss als ein gestelltes Bild. Im Mittelpunkt waren drei Mädchen und zwei Jungs zu sehen, die einen leichten Abhang hinaufgingen. Sie alle blickten direkt ins Objektiv der Kamera, wirkten fröhlich und ausgelassen. Im Hintergrund erkannten sie weitere Gruppen von Teenagern, nur eine Person ging alleine. Sie befand sich am unteren linken Rand der Fotografie, unscheinbar, nur bei genauem Hinsehen zu erkennen. Michael sah Stefan an.

«Er wirkt wie ein Außenseiter, als wäre er nicht Teil der Gruppe, alleine.»

Stefan besah sich das Bild genauer, er kniff die Augen zusammen, um besser sehen zu können.

«Ich glaube, du interpretierst da zu viel hinein. Wie ich bereits sagte, er war immer eher zurückhaltend, schüchtern. Er hatte doch Freunde, er hatte uns. Und er war anerkannt. Ich kann mich nicht erinnern, dass mal jemand schlecht von ihm geredet hat, oder?»

«Nein, das ist es nicht. Ich meine, wenn ich mir jetzt diese Bilder ansehe, nach all den Jahren, mit dem Wissen von heute, nach allem, was passiert ist, dann habe ich das Gefühl, dass schon immer etwas nicht gestimmt hat, weißt du? Ich kann es so schwer beschreiben, es ist auch eher ein Gefühl.»

«Ich verstehe, wie du es meinst.» Wieder folgte eine Pause. Eine ganze Minute lang starrten sie auf das Bild, jeder in seine eigene Welt vertieft.

Dann sagte Stefan: «Ich vermisse ihn ja auch.»

***

Die beiden Kinder gingen dicht nebeneinander her. Die kantigen Schulranzen auf ihren Rücken wippten mit jedem ihrer Schritte leicht auf und ab. Sie trugen Shorts und T-Shirts, einer von ihnen hatte seine Cap falsch herum aufgesetzt. Die Sonne schien unbarmherzig und mit all ihrer Kraft auf ihre Haut. Es waren fast dreißig Grad, sie schwitzten.

«Oh man, geschafft, endlich haben wir Ferien», sagte Michael und strahlte übers ganze Gesicht. «Sechs Wochen lang keine Schule und wir können machen, was wir wollen. Cool, oder?»

Kaspar nickte lediglich. Er schien in Gedanken, betre-
ten schaute er auf den Boden.

«Ich freue mich schon richtig auf Korsika. Ist zwar
erst in drei Wochen, weil Papa dann erst frei bekommt,
aber das wird bestimmt richtig super.»

«Hmm.»

«Ihr fahrt nicht weg, oder?»

Nun ergriff auch Kaspar das Wort.

«Nein, leider nicht. Wir fahren nicht so oft woanders
hin.»

«Schade, aber ihr macht dafür bestimmt Ausflüge,
oder?»

«Ja, ab und zu», sagte Kaspar, doch sein Tonfall klang
schwach, traurig. Er wirkte weiterhin in sich gekehrt, in
Gedanken. Michael fiel auf, dass dieses Thema seinen
Freund zu belasten schien. Er versuchte das Gespräch in
eine andere Richtung zu lenken.

«Bekommst du eigentlich was für dein Zeugnis? Also
eine Belohnung oder so etwas? Deins ist ja richtig gut.»

«Mal sehen, eigentlich wollen Mama und Papa das
nicht mehr machen.»

«Ach so, aber du hast echt gute Noten, ich glaube, du
bist sogar der Beste in der ganzen Klasse.»

«Ne, Maike ist besser.»

«Egal, aber du bist der beste Junge, richtig gut.» Mi-
chael nickte seinem Freund anerkennend zu,

freudestrahlend schaute er ihn an. Doch zurück kam lediglich ein schwaches, gequältes Grinsen.

«Was ist denn los?» Michael blickte ihn fragend an.

«Ach, nicht so wichtig», nuschelte Kaspar in sich hinein.

«Doch, sag mal.»

«Naja, in Mathe hab ich nur eine Zwei bekommen, das verstehe ich nicht.» Nervös fummelte er an den Trageriemen seines Ranzens herum.

«Echt jetzt?», begann Michael, «das ist dein Problem? Dann hast du halt eine Zwei im Zeugnis, was solls?»

«Zwei!»

«Was?»

«Zwei. Also ich habe zwei Zweien im Zeugnis.»

«Oh man, aber der Rest sind nur Einsen. Ich würde im Leben nicht so ein Zeugnis bekommen wie du. Du bist so gut. Ich verstehe nicht, warum du dich nicht darüber freust.»

«Ich freu mich doch.» Er versuchte seine Aussage mit einem Lächeln zu bekräftigen.

«Ach Quatsch, du freust dich nicht, das merke ich doch. Aber das kannst du wirklich. Du kannst echt stolz auf dich sein.» Michael legte seinem Freund den Arm auf eine Schulter. Kurz sahen sie sich an. «Dein Zeugnis ist echt super.»

Kaspar atmete tief durch. «Es ist... okay.»

Er löste sich von Michael und ging schnellen Schrittes voraus. Auf dem restlichen Weg redeten sie nicht mehr.

***

«Das wird schön werden, wenn die Kleine später hier spielt.» Tanja strahlte ihn an. Ihre Vorfreude war ansteckend. Unter ihrer dicken Winterjacke war der kugelrunde Bauch nicht zu übersehen.

«Woran du schon denkst, das ist ja unglaublich», sagte er und gab ihr einen Kuss.

«Ich weiß, dass ich manchmal zu oft vorausdenke, aber ich freue mich einfach so sehr. Es ist einfach perfekt. Also nimm mir das nicht.» Sie machte spielerisch einen Schmollmund.

«Hehe, gestern Morgen war es aber nicht so perfekt, als du über der Schüssel gehangen hast.» Michael lachte laut und Tanjas Miene verfinsterte sich.

«Das ist die Schwangerschaftsübelkeit und so etwas ist normal.» Ihre Gesichtszüge wurden wieder etwas milder. «Aber ich gebe zu, in diesem Moment war es nicht perfekt, das stimmt.»

Sie setzten sich auf eine der Holzbänke und blickten auf den Spielplatz.

«Eigentlich verrückt, dass es ihn immer noch gibt. Ich meine, natürlich hat er sich verändert, aber dass er sich so lange hält, hätte ich nie gedacht.»

Michaels Augen hingen gerade an den Schaukeln, die sich vom Wind angetrieben leicht bewegten. «Das stimmt, obwohl verändern mussten sie schon etwas. Wenn ich an die alte Schaukel denke, oh man, die war schon damals nicht mehr sicher. Ich finde es eigentlich noch seltsamer, dass sich dort kein Kind das Genick gebrochen hat.»

«Jetzt übertreibst du aber», lachte Tanja. «So schlimm war es auch wieder nicht. Dass ihr Männer immer so übertreiben müsst.»

«Naja, als wir damals geschaukelt haben, hat das Ding ganz schön gewackelt.» Michael wollte noch etwas ergänzen, doch ein Gedanke in seinem Kopf ließ ihn verstummen.

Tanja bemerkte, dass etwas in ihrem Mann vor sich ging. «Du warst oft mit ihm hier, oder?» Michael nickte langsam.

«Magst du davon erzählen?»

***

«Ob das Teil uns jetzt aushält?» Sie schauten einander an und mussten lachen.

«Das ist nicht mehr die alte Schaukel. Das neue Gerät ist mit sämtlichen Standards versehen, du könntest dreimal so viel wiegen und nichts würde passieren.»

«Aha, alles für die Sicherheit der neuen Generation also.» Michael konnte etwas Kindliches im Blick von

Kaspar erkennen. Er rechnete fest damit, dass dieser wirklich gleich anfangen würde zu schaukeln.

«Auf dem Schild steht für Kinder bis zwölf Jahre, Eltern haften für ihre Kinder. Wer haftet denn bitte für dich, wenn etwas passiert? Ich sicher nicht.» Michael steckte ihm die Zunge entgegen.

«Das ist echt wie früher, du hast das damals schon immer gemacht.»

«Was denn?»

«Na, das mit der Zunge.»

«Tja, schlechte Angewohnheiten bleiben bestehen, da kann man nichts machen.» Michael zuckte mit den Schultern.

«Komm, setzen wir uns kurz auf die Bank da drüben.»

Sie redeten noch eine Weile über ihre Kindheit. Während sie auf den Spielplatz blickten, kamen Erinnerungen zum Vorschein, die sie nahezu vergessen hatten.

«Das waren schöne Zeiten.» Michaels Blick wurde ganz trüb. Kaspar nickte nur.

«Und nächste Woche heiratest du. Anscheinend werden auch wir alt.»

«Aber nicht weiser.» Wieder mussten sie lachen.

»Ich bin froh, dass wir über all die Jahre so gut befreundet geblieben sind. Das ist echt viel wert», sagte Michael.

»Ja, das ist es wirklich. Das wird sich hoffentlich auch nie ändern.»

«Das hoffe ich auch.»

Für eine Weile war jeder mit sich selbst beschäftigt, vertieft in Gedanken.

«Geht's dir gut?» Michael musste es einfach fragen. Er hatte schon die ganze Zeit auf den richtigen Moment dafür gewartet. Jetzt erschien es ihm plump.

Kaspar war überrascht. «Äh ja, na klar. Warum fragst du?»

Michael wartete einige Sekunden, bevor er antwortete. «Ehrlich gesagt kann ich dir darauf gar keine richtige Antwort geben. Es ist eher ein Gefühl gewesen. Ich hatte einfach das Bedürfnis, danach zu fragen. Verstehst du?»

Kaspar sah ihn an. Es wirkte so, als wolle er etwas sagen, als wäre da etwas, das ihn zu zerreißen schien, worüber er endlich reden musste. Etwas, was ihn schon so lange quälte, er immer nur für sich behalten hatte, weil er davon überzeugt war, alleine damit zurechtkommen zu müssen. Langsam bewegte er seine Lippen.

«Es geht mir gut.» Und dann lächelte er.

***

Sie waren wieder an der Haustür, als Michael kurz innehielt.

«Was ist?», frage ihn Tanja.

«Ach nichts. Geh du schon mal rein, ich gehe noch eine kurze Runde. Bin gleich wieder da.»

Tanja sah ihn mitfühlend an. «Ok, grüß ihn von mir.»

«Das mache ich.»

Etwa fünf Minuten später ließ Michael die schwere eiserne Pfote langsam hinter sich zufallen. Er ging die kleinen, säuberlich von Laub befreiten Wege ab, bis er sein Ziel erreicht hatte. Dann begann er zu erzählen. Über all das, was in letzter Zeit bei ihm passiert war, angefangen bei Tanjas Schwangerschaft, wie es gerade im Job lief, dass er letztens nach so langer Zeit mal wieder mit Gustav telefoniert hatte. Er wusste, dass er keine Antworten erhielt, es eher ein Monolog als ein Gespräch war, aber das war nicht wichtig. Jeden Monat kam er jetzt einmal hierher, er hatte kein Treffen versäumt. Sie waren immer Freunde gewesen und würden es auch bleiben, daran hatte sich für ihn nichts geändert. Er fehlte ihm, daraus konnte er keinen Hehl machen. Aber wenn er so dastand und mit ihm sprach, konnte er ihn vor sich sehen. Beinahe so wie früher. Und dann sah er noch etwas. Es umspielte seine Mundwinkel, breitete sich über das ganze Gesicht aus, brachte die Augen zum

Strahlen. Er erkannte ein Lächeln. Und dieses Mal war es echt.

DIE BEGEGNUNG

Hector Smith hatte sich immer für einen gesunden, jungen Mann gehalten. Niemand, um den sich seine Familie oder seine Freunde sorgen müssten. Jemand, der immer sachlich blieb, sich an die Tatsachen hielt und keinen Hirngespinsten nachhing. Doch als er sich am Abend dieses Tages ins Bett legte, war er sich seines geistigen Zustandes nicht mehr sicher.

Wie jeden gewöhnlichen Tag in der Woche klingelte sein Wecker um 6:30 Uhr. Nachdem er sich geduscht und rasiert hatte, frühstückte er gegen 7:00 Uhr gemeinsam mit seiner Frau Charlotte und seiner kleinen Tochter Clara. Hector und seine Frau legten viel Wert auf diese gemeinsame Zeit am Morgen.

«Familie ist das Wichtigste!», sagte er immer zu sich selbst, insbesondere dann, wenn ihm wieder einmal auffiel, dass er zu viel Zeit im Büro verbrachte. Er arbeite als Rechtsanwalt in der Kanzlei Brunson & Partner.

Nachdem ihn Charlotte daran erinnerte, nach dem Feierabend noch frisches Brot mitzubringen, und er ihr sowie Clara jeweils einen Abschiedskuss auf die Wange drückte, fuhr er mit dem Fahrrad zur Arbeit.

Einige hundert Meter vor seiner Arbeitsstelle drängten sich die Menschen auf den Fuß- und Fahrradwegen der Innenstadt. Hector hatte sich mit der Zeit damit abgefunden, dass er oftmals den letzten Teil des Arbeitsweges von seinem Rad absteigen und schieben musste. Zu gefährlich und unnötig erschien ihm der Versuch, auf zwei Rädern durch die Menge zu manövrieren. Er ließ sich lieber mit dem Strom der umherlaufenden Menschen treiben, schließlich gelangte er auch so zu seiner Arbeitsstelle.

Hätte Hector an diesem Tag nicht einer Gruppe johlender Teenager ausweichen müssen, so wäre er ihm vielleicht nie begegnet. Er stieß beinahe mit ihm zusammen, da der Mann, auf einer alten, dreckigen Decke sitzend, erst im letzten Moment in sein Sichtfeld trat. Er musste abrupt stoppen und einige Passanten hinter ihm begannen sofort ihren Unmut darüber zu äußern. «Können Sie nicht aufpassen» oder «Was bitte soll das» waren noch die nettesten Ausdrücke, die Hector zu hören bekam.

«Die Menschen, immer so hektisch, als würde ihnen das Leben davonlaufen. Dabei merken sie gar nicht, dass sie nur selbst vor ihrem Leben davonlaufen.»

Hector stutzte. Diesen Satz hätte er von dem am Boden sitzenden Mann nicht erwartet. Nun, als er sich den Fremden etwas genauer ansah, wurde ihm bewusst, dass es sich bei diesem wohl um einen Obdachlosen handeln musste. Er war in alte Lumpen gekleidet, die einige Löcher aufwiesen, seine Haare und sein Bart wirkten fettig und verfilzt, die Hände rissig und grob. Sein Gesicht war mit Falten durchzogen und seine Augen trüb, doch ein Lächeln umspielte seine Mundwinkel. Hector wusste nicht, wieso, aber es schien eine freundliche Wärme von dem alten Mann auszugehen.

«Nun ja», entgegnete Hector. «Die Menschen wollen eben zur Arbeit. Unpünktlichkeit kommt leider nicht gut an in diesen Zeiten.»

«Hmm, da haben Sie vermutlich Recht, junger Mann. Verzeihen Sie mir meine Aussage. Ich bin alt und weiß wohl nicht mehr, wie die Welt funktioniert.» Das Lächeln des Mannes wurde noch etwas breiter.

«Naja, ich muss zugeben, in Ihren Worten steckt doch viel Wahrheit», sagte Hector mitfühlend und beugte sich etwas zu dem Alten herunter. Ihm fiel auf, dass dieser gar kein Behältnis für Münzen vor sich aufgestellt hatte.

Der Mann folgte Hectors Blick. «Ach, wissen Sie, ich bin nicht hier, um zu betteln, ich genieße nur die Gesellschaft der Menschen.»

Hector runzelte die Stirn. «Aber die meisten Menschen beachten Sie doch gar nicht, oder irre ich mich da?»

«Naja, Sie reden doch mit mir, junger Mann. Sie sind nicht einfach weitergegangen.» Bevor Hector etwas entgegnen konnte, sprach der Alte weiter. «Aber lassen Sie sich bitte nicht weiter von mir aufhalten, sie müssen sicher zur Arbeit. Aber tun Sie mir bitte den Gefallen und gehen heute etwas früher nach Hause. Würden Sie das für mich tun?»

«Ich…», Hector runzelte die Stirn, «aber warum denn?»

«Nun», begann der Fremde ruhig, «tun Sie es einfach. Das Leben ist schön und wir sollten so viel Zeit wie möglich mit unseren Liebsten verbringen.»

Bevor Hector noch etwas antworten konnte, wurde er von weiteren drängelnden Passanten nach vorne geschoben. Verwirrt rief er noch einen Abschiedsgruß, dann war der Alte außer Sichtweite.

Bei der Arbeit war viel zu tun und so verdrängte er das Gespräch schnell wieder. Er sprach mit mehreren Mandanten, führte diverse Anrufe und nahm an einer Konferenz teil. Gegen 16:00 Uhr saß Hector alleine in seinem Büro, als ihm die Worte des Alten wieder in den Sinn kamen. Eigentlich wollte er heute wie jeden Tag bis 17:00 Uhr arbeiten, aber die Worte des Fremden beschäftigten ihn. Sie ließen ihn nicht mehr los. So begab er sich heute bereits um 16:30 Uhr auf den Heimweg, schaute noch kurz beim Bäcker vorbei, um das Brot zu holen, und war bereits um 17:00 Uhr wieder bei seiner Familie. Den alten Mann fand er nicht mehr an der Straßenecke vor, was er tatsächlich bedauerte, denn er hätte sich gern noch weiter mit diesem unterhalten.

Nur wenige Stunden später sah er es dann mit Charlotte in den Nachrichten. Laut dem Sprecher der Einsatzkräfte habe es sich um eine Gasexplosion gehandelt. Die halbe Straße wäre aufgerissen, insgesamt hatte es 28 Tote gegeben, noch mehr Verletzte. Das Ganze hatte sich um 17:04 Uhr ereignet, direkt in der Innenstadt. Er konnte Charlotte neben ihm laut keuchen hören. Sie drückte seine Hand ganz fest.

«Oh Gott, wie schrecklich. Hector, das ist auf deinem Arbeitsweg.»

Hector hörte sie gar nicht richtig. Er vernahm nur halbgare Laute.

«17:04 Uhr», dachte er sich. «Normalerweise wäre ich auch da gewesen. Normalerweise, wenn ich nicht früher nach Hause gefahren wäre.» Er spürte wie Charlotte sich an ihn drückte, Tränen liefen ihr die Wange herab.

Hector Smith wurde über achtzig Jahre alt, er sah seine Tochter aufwachsen, hielt seine Enkelkinder auf dem Arm. Er führte ein glückliches, ein gutes Leben, das Beste, was er sich je hätte erträumen können. Nur den alten Mann in seinen zerlumpten Klamotten hatte er Zeit seines Lebens nie wiedergesehen.

Es war einmal eine kleine Banane in der Obstabteilung, die niemand kaufen wollte. Tagein, tagaus gingen die Menschen an ihr vorbei, ihre Freunde wurden in Tüten verpackt, abgewogen und verkauft. Nur die kleine Banane, die wollte niemand.

Die Leute nahmen sie prüfend in die Hände und sagten dann: «Ihhh, du bist ja schon ganz braun, du schmeckst bestimmt gar nicht.»

Dann legten sie die Banane wieder zurück und diese wurde ganz traurig: «Warum will mich niemand haben? Ich kann doch nichts dafür, dass ich so bin.»

Und so sah die kleine Banane zu, wie all das andere Obst gekauft wurde. Sie sah große, pralle Äpfel, glänzend vor Schönheit. Saftige Kirschen, bei denen den Menschen das Wasser im Mund zusammenlief. Knackige Birnen, voller Geschmack. Und die kleine Banane fühlte sich immer schlechter.

«Ich werde bestimmt morgen in den Müll geworfen, weil mich niemand gebrauchen kann.»

Doch zur selben Zeit betrat ein Mädchen den Supermarkt und schaute sich neugierig um. Sie ging vorbei an den glänzenden Äpfeln, ignorierte die saftigen Kirschen und sah gar nicht erst zu den knackigen Birnen. Doch blieb sie ganz aufgeregt vor unserer kleinen Banane stehen und nahm sie in die Hand.

«Leg mich lieber wieder weg», sprach die kleine Banane, die mittlerweile schon voller brauner Flecken war. «Ich bin hässlich und niemand möchte mich. Ich bin wertlos und werde schon bald in den Müll geworfen.»

Das Mädchen war erstaunt, dass die kleine Banane so schlecht von sich sprach, und antwortete: «Nein, sei nicht traurig, kleine Banane. Ich brauche dich. Du bist genau das, was ich schon den ganzen Tag suche.»

Die kleine Banane war aufgrund der Worte des Mädchens verunsichert. «Aber wieso denn? Ich bin doch ganz braun.»

«Genau deswegen», antwortete das Mädchen freudestrahlend. «Meine Mutter und ich wollen einen Bananenkuchen backen. Doch all die Bananen in den Supermärkten sind noch so frisch und gelblich. Wir brauchen aber braune Bananen, weil die viel süßer sind.»

Und da lachte die kleine Banane und freute sich, weil sie doch noch gekauft wurde. Sie würde einen schmackhaften Bananenkuchen abgeben. Und so lebte die kleine Banane glücklich bis ans Ende ihrer Tage.

Happy End

***

Was danach geschah
(und oftmals verschwiegen wird):

Die kleine Banane war ganz aufgeregt. Sie befand sich noch immer in der Einkaufstüte des Mädchens und konnte es kaum abwarten, endlich in ihrem neuen Zuhause anzukommen. Währenddessen fragte sie sich die ganze Zeit, wie das Leben als Bananenkuchen wohl so ist. Sie konnte an ihrem jetzigen Ort kaum etwas sehen, alles war viel zu dunkel. Nur vereinzelt vernahm sie Stimmen, die aber so weit weg zu sein schienen. Doch kurze Zeit später wurde die kleine Banane behutsam aus der Einkaufstüte genommen und vorsichtig auf einen Tisch gelegt. Sie musste sich noch etwas an das Licht gewöhnen, erkannte aber das bekannte, freundliche Gesicht des Mädchens.

«Sieh mal, Mama.»

Die kleine Banane konnte eine weitere Person, viel größer als das Mädchen, sehen.

«Das hast du gut gemacht, mein braves Kind. Nun können wir mit dem Backen beginnen.»

«Juhu», frohlockte das Mädchen, und da ihre Heiterkeit so ansteckend war, stimmte auch unsere kleine Banane in die Jubelarie mit ein.

Das Mädchen und ihre Mutter begannen nun mit dem Backen. Sie mischten Eier, Mehl und Zucker, kneteten fleißig den Kuchenteig und sangen dabei schöne Lieder.

«Gleich bist du auch an der Reihe», sagte das Mädchen schnaufend zur kleinen Banane, denn das Teigkneten war anstrengender als gedacht.

«Endlich bin ich auch für etwas gut», dachte sich die kleine Banane. «Wie es wohl ist, ein Bananenkuchen zu sein? Es wird bestimmt richtig toll.»

Und dann war die große Stunde unserer kleinen Banane gekommen. Vorsichtig nahm das Mädchen sie in die Hand und zog an ihr herum. Es knackte und kurz darauf zog das Mädchen die Schale von der kleinen Banane ab.

«Hihi, das kitzelt ja», sprach die kleine Banane, und musste sich zusammenreißen, um nicht laut loszulachen. Doch sie musste sich auch eingestehen, dass es nunmehr etwas kalt wurde. Aber sicherlich würde dies bald vorbei sein. Das Mädchen legte die Banane in eine Schüssel.

«Jetzt ist es so weit», freute sich die kleine Banane.

Das Mädchen beugte sich über die Schüssel, in der Hand hielt sie einen metallischen Gegenstand. Sie drückte diesen auf den unteren Teil der kleinen Banane, die sofort damit begann, wie am Spieß zu schreien: «Ahhhh, das tut weh, aufhören, aufhören.»

Doch das Mädchen machte freudestrahlend weiter, schien die kleine Banane gar nicht mehr zu hören. Und als sie an sich herunter sah, wurde ihr bei dem Anblick schlecht. Ihr gesamtes goldgelbes Bananenmark war über die gesamte Fläche verteilt, alles war zermatscht. Langsam wurde die Welt um die kleine Banane immer dunkler und grauer, alles begann zu verschwimmen.

Sie hörte noch die Stimme des Mädchens in ihren Ohren wiederhallen: «Der Kuchen wird bestimmt richtig lecker, Mama.»

Nun senkte sich der metallene Gegenstand auf den Kopf der kleinen Banane nieder. Und dann war es vorbei. Dies war das Ende der kleinen Banane. Es hatte nie erfahren, wie es ist, ein Kuchen zu sein.

Ende (diesmal endgültig)

IRGENDWANN

Sie kam langsam aus dem Badezimmer und trug lediglich ein kurzes Höschen, nichts weiter. Ihre langen, blonden Haare waren zerzaust. Er betrachtete sie. Ihre blasse, weiche Haut, die natürlichen Rundungen, ihre perfekt geformten Brüste. Ihr Gang war geschmeidig, geradezu anmutig. Sie war wunderschön, perfekt, jedenfalls für ihn. Mit einem Satz hüpfte sie zurück ins Bett, kroch unter die Bettdecke und schmiegte sich an ihn. Sie hatten erst gerade miteinander geschlafen, aber er spürte, wie er sofort wieder Lust auf sie bekam. Vorsichtig drehte sie ihren Kopf und gab ihm einen Kuss. Er sah in ihre tiefblauen Augen, sie lächelte ihn an. Er liebte die Grübchen in ihren Wangen, dieser Moment, wenn ihr eine Haarsträhne ins Gesicht fiel. Er liebte alles an ihr. Sie legte ihren Kopf auf seiner Brust ab und er streichelte ihr sanft durchs Haar. Es war Sonntagmorgen, leichter Regen prasselte an die Fensterscheibe, doch sie hatten alle Zeit der Welt. Nur dieser Augenblick zählte, nichts weiter. Würde er jetzt die Zeit einfrieren können, müsste er diesen Moment wieder und wieder erleben, er würde es nicht bereuen. Er liebte sie, von ganzem Herzen. Das würde sich nie ändern. Für sie wäre er bis ans Ende der Welt gegangen. Jedes Lächeln von ihr ließ sein Herz aufflammen, jede ihrer Berührungen erfüllte ihn mit

Energie und nie dagewesener Leidenschaft. Er wusste, dass es kitschig klang, aber das war ihm egal. Er war glücklich, sie war alles, was er immer gewollt hatte. Wenn er bei ihr war, hatte er das Gefühl, es könne nichts passieren, eine Woge der Geborgenheit durchströmte ihn. Alles andere wurde so klein, so unbedeutend. Es war perfekt.

«An was denkst du?» Ihr Kopf lag noch immer an seiner Brust, sanft streichelte sie über seinen Bauch.

«An etwas sehr Schönes», antworte er mit ruhiger Stimme.

«Und an was genau?« Sie hatte sich ihm wieder zugewandt, schaute verträumt in seine Augen.

«An dich.» Er gab ihr einen Kuss.

«Du wieder», sagte sie neckisch und grinste ihn an.

«Doch, es ist so.» Er strich ihr die Haarsträhne gefühlvoll hinter das Ohr. «Ich liebe dich.»

«Ich liebe dich auch.» Sie drückte sich fest an ihn. Er legte seinen Arm um ihren Körper. Er würde sie nie wieder loslassen, nie wieder.

Eine entfernte Stimme erklang. Er konnte sie nicht richtig zuordnen. Etwas ratterte, da war laute Musik im Hintergrund. Langsam gewöhnten sich seine Sinne an die Realität, die Gegenwart. Wieder die Stimme. Diesmal konnte er sie deutlicher vernehmen.

«Bist du fertig?» Sein Freund sah ihn an.

«Äh, ja, noch eine Minute.» Er schaltete den Crosstrainer ein paar Stufen herab.

«Ok, ich warte. Wo hast du eigentlich gerade hingeguckt?»

«Ach, meist auf den Fernseher», sagte er und blickte verlegen zu Boden.

Sein Freund grinste. «Aha, du hast wieder zu ihr herüber gesehen.»

«Ja, ok, aber nur kurz.» Er verließ das Trainingsgerät, wischte sich den Schweiß mit einem Handtuch ab und trank einen Schluck aus seiner Wasserflasche. «Ok, lass uns gehen.»

«Wann sprichst du sie denn endlich mal an?» Er spürte den Blick seines Freundes auf ihm. Prüfend.

«Mach ich ja bald.» Und bei diesen Worten sah er wieder zu ihr. Sie stand neben einer anderen Frau, Lachen drang zu ihm herüber. Ihr Lachen. Dabei kamen sie wieder zum Vorschein, die Grübchen auf ihren Wangen.

«Mensch, du hast doch nichts zu verlieren, einfach machen.» Sein Freund klopfte ihm ermutigend auf die Schulter.

Sie verließen den Trainingsraum und auch sie verschwand wieder aus seinem Blickfeld. «Einfach machen.» Er wusste, dass sein Freund recht hatte. Aber er konnte einfach nicht den Mut aufbringen, das zu tun, was sein Herz ihm sagte. Da war diese Stimme in seinem Kopf, voller Zweifel, Ängste und Sorgen. Sie war so toll, so schön, wollte sie überhaupt etwas von ihm? War er überhaupt in ihrer Liga? Vermutlich nicht. Er musste den richtigen Moment abpassen, durfte es nicht dem Zufall überlassen. Es musste perfekt sein, einfach perfekt. Er hatte ja noch immer seine Chance, er könnte sie jederzeit fragen.

«Irgendwann spreche ich sie an», sagte er leise zu sich selbst. »Ja, auf jeden Fall. Irgendwann mache ich es.»

DAS FEST DER TOTEN

Kleine Schweißperlen bildeten sich auf Aleecias Stirn. Der Trageriemen des vollbeladenen Flechtkorbes brannte sich in ihre rechte Hand ein, während noch immer die Schwüle des schwindenden Sommertages in der Luft lag.

«Aleecia, beeil dich, die Toten warten!», rief ihre Mutter mit gebieterischer Stimme. Ehrfürchtig hallten diese Worte in Aleecias Ohren nach. Wie lange hatte sie auf diesen Abend hin gefiebert, wie viele Nächte hatte sie ruhelos wachgelegen, nur um endlich Teil dieser Zeremonie zu sein.

«Die Feier der Toten bestimmt das Schicksal der Lebenden. Wo würden wir stehen, achteten wir nicht unsere Vorfahren, die Generationen vor uns, die all dies hier erschaffen haben.»

Aleecia war vier Jahre alt gewesen, als ihr Vater zum ersten Mal von diesem Ereignis gesprochen hatte. Seither zählte sie jeden einzelnen Tag bis zu ihrer ersten Nacht. Nun, nach all dem Warten, welches sich wie eine Ewigkeit angefühlt hatte, all den Geschichten der Erwachsenen, war auch ihre Zeit gekommen. Und so trug sie den Korb mit den Geschenken, der Ernte diesen Jahres, erwachsen aus der Gunst ihrer Vorfahren, zum Friedhof, um ihnen für all das zu danken, all diesen Menschen, die vor ihr diese Welt durchschritten hatten und nunmehr das Totenreich bevölkerten. Aleecia dachte an ihren Vater. Würde auch er in dieser Nacht dort sein? Sie erinnerte sich an den letzten Winter, an die Kälte dieser Tage, als ihr Vater seinen letzten Atemzug im Reich der Lebenden vernommen hatte.

«Weine nicht, mein Kind», hatte Ruia, die Dorfälteste, ihr mit ruhiger Stimme zu verstehen gegeben, «dein Vater führt seine Reise fort, der Tod hat ihn zu sich geholt, da er eine Aufgabe für ihn hat, die größer ist als das Leben selbst.»

Sie hatten den Friedhof nun erreicht. Aleecia blickte auf die Dekorationen und die farbenfrohen Verzierungen an den Grabsteinen, der gesamte Ort war aufgrund der Dämmerung in ein diffuses Licht gehüllt.

Sie hörte einen alten Mann zu ihrer Mutter sprechen: «Beeilt euch, ihr habt nicht mehr viel Zeit. Die Toten sollten unter sich bleiben.»

Mit einer Handbewegung gab ihre Mutter Aleecia zu verstehen, dass es nunmehr an der Zeit war, die mitgebrachten Geschenke zu verteilen. Während sie dieser Aufgabe gewissenhaft und zügig nachkam, bemerkte Aleecia, dass sie die letzten verbliebenen Menschen an diesem Ort waren. Sie verbeugte sich voller Demut vor diesem magischen Ort, dessen Aura sie vollends eingenommen hatte.

«Komm jetzt, Aleecia, wir haben keine Zeit mehr.» Sie blickte zu ihrer Mutter, doch es fiel ihr schwer, sich von dieser Szenerie zu lösen.

Und dann geschah es. Etwas veränderte sich. Aleecia spürte eine leichte Erschütterung, ein Beben, kaum wahrnehmbar, aber es war da. Sie spürte die feste Hand ihrer Mutter, die sie am Arm packte und davon zog. Aleecia war wie erstarrt, die Erde auf den Gräbern, sie war in Bewegung, sie hob und senkte sich, als wolle etwas aus ihr hervorbrechen, was schon viel zu lange begraben war. Sie hörte den lauten Atem ihrer Mutter, ein hektisches Keuchen, während sie sich immer weiter vom Friedhof entfernten. Beinahe waren sie im Schutz der Bäume angekommen, da konnte sie es sehen. Hände, die sich aus der Erde gruben, Körper, die sich erhoben, Köpfe mit leeren, toten Augen. Für einen Moment, nur einen Bruchteil einer Sekunde, erblickte sie das Reich der Toten, und die Toten starrten zurück.

In der folgenden Nacht fand Aleecia keinen Schlaf. Sie lauschte den fernen Stimmen und der Musik, die Luft war erfüllt von einem merkwürdigen Duft, wie Moder, der sich mit den Gerüchen des Alltags verband. Das Fest der Toten, es hatte begonnen und es sollte die gesamte Nacht lang andauern. Sie fragte sich, ob er wohl dort war, ihr Vater, und mit den Toten feierte?

DER SCHÖNSTE TAG

Es war einer dieser nervigen Tage, an denen überhaupt nichts zu funktionieren schien. Gunnar tippte mit dem rechten Fuß auf und ab, eine Angewohnheit, die immer dann auftrat, wenn er nervös und angespannt war. Er wartete nun bereits fünfzehn Minuten an Kasse 3 des örtlichen Supermarktes.

«Meine Fresse», dachte er sich, «die Leute sollen sich mal beeilen.» Die Rentnerin vor ihm war dabei, einzelne Münzen nach und nach auf das Rollband zu legen.

«Es fehlen noch acht Cent», hörte er die Kassiererin sagen.

«Wie bitte?», entgegnete die ältere Frau fragend.

«Acht Cent bekomme ich noch von Ihnen.»

«Achtzig Cent noch? Ist das nicht zu viel, junge Frau?»

«Nein, nicht achtzig, acht Cent!»

Während die anscheinend mit unendlicher Geduld gesegnete Kassiererin sich emotionslos die fehlenden acht Cent aus der Hand der verdutzt dreinsehenden Rentnerin nahm, rollte Gunnar mit den Augen. Er blickte hinter sich und konnte das Ende der Schlange schon gar nicht mehr sehen.

«Arme Schweine», dachte er sich. «Zum Glück bin ich hier gleich raus.»

Bereits vor der älteren Dame mit Hör- und Rechenschwäche war es an der Kasse nur schleppend vorangegangen. Es gab den typischen Kunden, der mit mehreren Rabattcoupons bewaffnet an der Kasse erschien, wovon jedoch die Hälfte bereits das letztmögliche Einlösedatum überschritten hatten. Schlussendlich musste der Filialleiter dazu geholt werden, da die Situation zu eskalieren drohte. Der Mann wollte einfach nicht akzeptieren, dass er für seinen Rasierschaum nun doch die ursprünglichen 2,29 Euro und nicht 1,99 Euro zahlen musste.

Eine andere Kundin hatte für einen weiteren Supermarktkassenklassiker gesorgt. Tatsächlich war sie nicht in der Lage gewesen, ihr Obst selbstständig abzuwiegen, was die Kassiererin dazu veranlasste, noch einmal quer durch den Laden zu laufen, um die Ware nachträglich einer Gewichtskontrolle zu unterziehen. Die überraschte Frau quittierte dies alles mit einem «Oh nein, das ist mir aber noch nie passiert» und grinste dabei dümmlich in die Runde. Gunnar indes kannte die Frau. Bereits vor zwei Wochen hatte sie die Abläufe an der Supermarktkasse aufgehalten, weil sie ihre Bananen nicht abgewogen hatte. Den Moment, als die Kassiererin das Wiegen für sie übernahm, nutzte sie, um allen Personen hinter ihr das Rezept für ihren Bananenkuchen zu erklären.

«Mit Gelinggarantie», hatte sie Gunnar strahlend erklärt, der ihr die Bananenstaude in diesem Moment am liebsten in den offenen Mund gestopft hätte.

Nachdem die Rentnerin um acht Cent ärmer war und im rasend schnellen Rollatorgang das Gebäude verließ, wurden auch endlich Gunnars Einkäufe über das Band gezogen. Doch bevor er seine Ware bezahlen konnte, kam der «Rasierschaummann», mit dem alle bereits geistig abgeschlossen hatten, im Eiltempo auf die Kasse zugestürmt. Er ignorierte Gunnar und wandte sich der verdutzt dreinschauenden Kassiererin zu.

«Ich habe mich gerade im Internet informiert. Ihre Rabattaktion läuft noch immer. Ich verlange daher umgehend, dass Sie mir die dreißig Cent für den Rasierschaum erstatten, andernfalls rufe ich die Polizei. Ich lasse mich doch nicht von Ihnen bescheißen!»

Was folgte, war eine zehnminütige Diskussion zwischen dem Ladenpersonal und dem Kunden, welcher krampfhaft seinen Rasierschaum in der Hand hielt und diesen jeder vorbeilaufenden Person, die sich auch nur ansatzweise für das

Geschehen zu interessieren schien, demonstrativ vors Gesicht hielt. Gunnar fragte verzweifelt, ob er seinen Einkauf nicht noch schnell abschließen könne, doch die Kassiererin war bereits damit beschäftigt, die weiteren Kunden von Kasse 3 zu bitten, ihre Einkäufe auf ein anderes Warenband zu legen. Ihr Blick fiel auf Gunnar.

«Bei Ihnen geht es leider nicht, Ihr Einkauf ist hier schließlich schon registriert. Darum kümmern wir uns gleich.» Sie lächelte ihn kurz und gequält an, musste sich dann jedoch vor einer heranfliegenden Rasierschaumdose ducken.

Fünfundvierzig Minuten später verließ Gunnar schwer gezeichnet den Supermarkt. Da die Situation vor Ort nicht entschärft werden konnte, wurde tatsächlich ein Streifenwagen zur Hilfe gerufen. Ob der Kunde nun seine dreißig Cent Erstattung erhalten hatte oder wegen versuchter Körperverletzung ins Gefängnis musste, erfuhr Gunnar indes nicht mehr. Bereits die Zeugenaussage, die er gegenüber der Polizei aufgeben musste, war zu viel für ihn gewesen. Er war froh, als er seinen Einkauf endlich bezahlen und den mittlerweile völlig warmen Joghurt zu den anderen Einkäufen in seinen Rucksack legen konnte. Auf dem Heimweg biss er dem kleinen Schokoladenweihnachtsmann, den er gratis zu seinem Einkauf erhalten hatte, den Kopf ab.

∗∗∗

Er hätte es eigentlich wissen müssen. Der gesamte Tag war schon so mies gelaufen. Es begann bereits mit dem Aufstehen, als er eine hartnäckige Verspannung der Nackenmuskulatur spürte. Verdammte TÜV-geprüfte Stützkissen. Auf den alten Kissen, die er noch von seiner Mutter beim Auszug mitbekommen hatte, schlief er tadellos, aber seine Freundin Mareike hatte ihn schlussendlich davon überzeugt, dass diese nicht mehr zeitgemäß seien. Obwohl überzeugt der falsche Ausdruck war, denn tatsächlich hatte sie ihm derart häufig damit in den Ohren gelegen, dass er einfach «Ja» gesagt hatte, um das Thema abzuschließen.

Beim Frühstück waren Gunnar dann die beiden Toastscheiben verbrannt. Als Mareike die Küche betrat und sich über den Geruch wunderte, war er gerade dabei, die schwarzen Stellen mit einem Messer herunter zu kratzen.

Auf dem Weg zur Arbeit ließ er kurz das verwegene Gefühl in sich aufkeimen, dass dieser Tag nur besser werden könne. Er spürte den kalten Fahrtwind auf dem Rad, der sich belebend auf der Haut anfühlte. Es war, als verliehe dieser ihm neue Energie, machte ihn bereit, alles und jedem zu trotzen. Er würde sich nicht unterkriegen lassen, er war stark und stolz und… ein Zischen riss ihn aus seinen Gedanken. Es war das Hinterrad, welches kontinuierlich Luft verlor. Als er sein Fahrrad die restlichen drei Kilometer schieben musste, fühlte er sich weder stolz noch stark.

Natürlich erschien er mit Verspätung an seinem Arbeitsplatz, was ihm sein Vorgesetzter, Herr Neumann, auch umgehend um die Ohren schmetterte. Gunnars Entschuldigung mit dem geplatzten Reifen wollte er nicht gelten lassen.

«Na klar», murmelte Gunnar, «ich kann mir ja auch aussuchen, ob der Reifen platzt oder nicht.»

«Wie war das?», hakte Neumann misstrauisch nach.

«Kommt nicht wieder vor, habe ich gesagt.»

«Das will ich hoffen.» Damit hatte sein Chef den Appell auch wieder beendet und stürmte hektisch aus dem Büro.

Gunnar ließ sich in seinen Schreibtischstuhl sinken und atmete durch. Kurz darauf klickte er sich durch die etwa einhundert E-Mails, die über das Wochenende eingetroffen waren. Offenbar schien die Virensoftware des Unternehmens nicht richtig funktioniert zu haben, denn in seinem Postfach befanden sich diverse E-Mails, die für Viagra und

Penisvergrößerungen warben. Auch erfuhr Gunnar beim Durchscrollen des Postfachs, dass es anscheinend einige heiße Singlemütter in seiner unmittelbaren Umgebung gab, die bereit und willig waren. Nachdem er der Versuchung widerstanden hatte, diese E-Mails an Neumann weiterzuleiten, löschte er sie und begann mit der Arbeit. Etwa eine Stunde später bereute er seine Entscheidung zum Umgang mit den Spam-Mails, denn Herr Neumann kam mit einem großen Stapel Akten herein, die noch bis Ende der Woche bearbeitet werden mussten.

Der restliche Arbeitstag war eine trostlose Angelegenheit, Gunnar schleppte sich von Akte zu Akte, bearbeitete Fall für Fall. Beim Mittagessen mit den Kollegen rutschte dem dicken Herbert seine Currywurst vom Teller und fiel auf Gunnars Hose, welches einen ekligen, auf die Schnelle nicht entfernbaren Fleck hinterließ.

«Äntschuligung», nuschelte Herbert, dessen Mund noch mit einer Handvoll Pommes gefüllt war.

«Macht nichts», antworte der mittlerweile völlig desillusionierte Gunnar.

Am späten Nachmittag blickte Gunnar kurz einmal vom Schreibtisch auf und schaute aus dem Fenster, um seine Augen zu entspannen. Eine Gruppe von Kindern lief draußen auf dem Gehweg entlang. Ein kleiner Junge nahm Blickkontakt zu ihm auf.

«Was für eine nette Abwechslung», dachte sich Gunnar. «Ach, Kind zu sein ist doch so schön. Die Welt ist unschuldig, das Leben macht noch richtig Spaß.»

Er lächelte und winkte dem Kind freundlich zu. Der Junge zeigte ihm den Stinkefinger und rannte mit seinen Freunden davon. Daraufhin ließ Gunnar die Rollläden herunter.

***

Und nun befand er sich auf dem Heimweg, sein Rucksack war gefüllt mit ungekühltem Joghurt, das Fahrrad schob er armselig neben sich her. Es begann, leicht zu regnen. Gunnar wünschte sich, einfach nur nach Hause zu kommen, sich unter die Dusche zu stellen und dann ins Bett zu gehen, damit dieser Tag endlich ein Ende finden würde. Er war noch etwa zehn Minuten von seinem rettenden Zuhause entfernt, als er an eine Fußgängerampel kam, an der bereits zwei Menschen standen, die aufgrund ihrer orange leuchtenden Warnwesten schwer zu übersehen waren. Als Gunnar sich ihnen näherte, erkannte er, dass sie sich beide an den Händen hielten, fast wie ein altes Ehepaar. Bei der kleineren Person handelte es sich um ein ältere

Frau mit grauen Haaren und dicker Hornbrille. Ihr Begleiter war ein schlaksiger, jüngerer Mann, Gunnar schätzte ihn in etwa auf sein Alter. Ihm kamen die beiden bekannt vor. Er wusste, dass in der Umgebung immer ein Bus von den Werkstätten für Menschen mit Behinderung hielt. Als er die beiden Personen dort stehen sah, Hand in Hand, vergaß er den warmen Joghurt in seinem Rucksack. Sie sahen irgendwie süß aus, befand Gunnar. Er wusste nicht, in welcher Beziehung sie zueinander standen, vielleicht Mutter und Sohn, vielleicht auch nur Arbeitskollegen, aber wie sie so dastanden, wirkte es, als würden sie sich gegenseitig Halt geben. Gunnar hatte sie nun erreicht und stellte sich etwa einen Meter entfernt zu ihnen an die Ampel. Diese zeigte weiterhin das rote Männchen.

In diesem Moment drehte sich der junge Mann zu ihm um. Er begann zu lächeln und fragte ihn ohne Zögern: «Hallo, geht es dir gut?»

Gunnar rang zunächst um Worte, gänzlich überrascht von der plötzlichen Frage nach seinem Befinden. «Äh ja, mir geht's gut. Und dir?», entgegnete er etwas verlegen.

«Schön, mir geht's auch gut», sagte der junge Mann freudestrahlend. Danach richtete er seinen Blick wieder auf die Ampel.

Lediglich einige Sekunden später, Gunnar war noch immer in Gedanken vertieft, wie er das Verhalten des Mannes einordnen sollte, drehte sich auch die ältere Frau zu Gunnar um: «Hallo, ich hoffe, es geht dir gut?»

Nunmehr fiel Gunnar die Antwort etwas leichter, ihm war die Frage ja bereits bekannt: «Danke, ja, es geht mir gut. Und Ihnen?»

«Das freut mich wirklich sehr. Mir geht es auch gut. Heute ist ein schöner Tag.» Und auch sie lächelte Gunnar an. Es war ein warmes und ehrliches Lächeln. Sie schien sich tatsächlich zu freuen.

Während Gunnar noch etwas verdutzt mit seinem Fahrrad auf dem Gehweg stand, marschierten Frau und Mann bereits über die Straße, die Ampel war mittlerweile auf Grün übergesprungen.

«Tschüss», riefen sie noch als Abschied im Chor. Gunnar indes brauchte noch einen Moment, um zu verstehen, was da gerade passiert war. Zwei wildfremde Menschen hatten die Wartezeit an einer Ampel dafür genutzt, um sich nach seinem Befinden zu erkundigen.

«Wer macht denn bitte sowas?», fragte er sich verwirrt.

Da an der Ampel bereits wieder ein rotes Männchen leuchtete, musste Gunnar die nächste Phase abwarten, bevor er ebenfalls die Straße überqueren konnte. Auf dem restlichen Weg dachte er weiter über die soeben erfolgte Begegnung nach.

«Das war schon merkwürdig», dachte er sich zunächst. Das Ganze hatte doch von vorne bis hinten keinen Sinn ergeben. Doch andererseits hatten sich diese Menschen keinen Spaß mit ihm erlaubt. Sie hatten sich wirklich dafür interessiert, wie es ihm geht. Das konnte er in ihren Gesichtern ablesen. Und plötzlich fiel Gunnar auf, dass diese Situation das Menschlichste war, was ihm am gesamten Tag passiert war. Menschen, die wissen wollten, ob es ihm gut gehe. Sie waren freundlich und nett mit ihm umgegangen, hatten sich wirklich für ihn interessiert. Und das erste, was ihm dazu einfiel, war, dass dieses Verhalten komisch sei, dass kein normaler Mensch so etwas tue.

«Vielleicht sollte ich mir eine Scheibe davon abschneiden», sagte er leise zu sich selbst. Die Begegnung ließ ihn seinen gesamten Tag vergessen, alles, was davor passiert war, erschien ihm auf einmal so unwichtig.

Als er wieder zu Hause war und die Einkäufe in die Küche trug, erwartete ihn bereits Mareike. «Und wie war dein Tag?», fragte sie beiläufig. Gunnar zögerte kurz. Dann musste er lächeln und ihm wurde ganz warm ums Herz.

«Ach, weißt du, heute war ein schöner Tag.»

ABSCHIED

Ich sitze alleine auf dem Sofa und vermisse diese Frau. Sie ist noch nicht lange fort, aber ich sehe sie nie wieder. Sie wird diese Wohnung, unsere Wohnung, nicht mehr betreten. Während ich gedankenverloren an die Wand starre, wird mir bewusst, dass sie nunmehr zu meiner Vergangenheit gehört. Es gibt kein Zurück. Ich sehe ihre langen braunen Haare vor mir, rieche ihr Parfüm. Neben mir liegt der ausgeleierte Pullover, den sie immer angezogen hat, wenn ihr kalt war. Ich kann nicht aufhören, an sie zu denken. Und immer wieder frage ich mich: «Wie konnte ich dich verlieren?»

Mein Blick fällt auf unser gemeinsames Foto. Zwei Menschen, beide lächeln, im Hintergrund eine grüne Wiese, blühende Natur, das Leben in seiner reinsten Form. Aber es war nur ein Schein, ihr Lächeln nicht echt, wie ich erfahren habe. Sie hat es mir selbst gesagt.

«Ich bin nicht glücklich!»

Wie ein fernes Echo hallen ihre Worte nach. Ohne sie fühlt sich das Bett so leer, so verlassen an, als wäre ein Teil entnommen worden, ohne den der Rest nicht überleben kann.

«Hätte ich verhindern können, dass du mich verlässt?»

Ich denke an unsere gemeinsamen Abende. Wenn sie in meinem Arm lag, als ich hoffte, diese Zeiten gingen nie vorüber, ich ihr gesagt habe, dass alles gut wird, ich immer für sie da bin.

«Habe ich dich im Stich gelassen?»

Diese Fragen in meinem Kopf, ich halte sie nicht aus, sie bereiten mir Kopfschmerzen. Ich suche nach einer Aspirin. Im Badezimmerschrank, neben all den Medikamenten, werde ich fündig. Es steht direkt neben ihrem Antidepressiva. Sie braucht es jetzt nicht mehr, es hat sie nicht davon abgehalten. Als ich den Spiegelschrank schließe, erblicke ich mich selbst. Dunkle Augenringe zieren mein Gesicht, ich bin unrasiert, die Haare stehen ab.

«Sieh dich an», sage ich wütend zu mir selbst. Meine Stirn liegt in Falten, ich starre diese Person im Spiegel an, sie sieht so fremd aus. Ich schlendere zurück ins Wohnzimmer, die Kuhle auf dem Sofa erwartet mich, dort kann ich mich verkriechen, mich verstecken, in meiner Traurigkeit versinken. Die Zeitung liegt noch aufgeschlagen auf dem Tisch. Ich habe versucht sie zu lesen, aber ich kann mich nicht konzentrieren, habe keine Ruhe dafür, möchte es auch gar nicht. Es war schwer genug, die Anzeige aufzusetzen.

«Hättest du doch nur mit mir geredet, als mich einfach vor vollendete Tatsachen zu stellen. Wir hätten das geschafft. Gemeinsam.»

Kurz brennt etwas in mir auf, ist es Wut? Und wenn schon, es klingt schnell wieder ab. Was soll ich ihr auch vorwerfen, dieser Frau, es ist nicht ihre Schuld.

«Ich hasse sie, diese Krankheit.»

Ich will die schönen Momente behalten, sie nicht gehen lassen. Auch, wenn mich dies nur noch mehr quält, ich keinen Abschluss finden kann. Ihre Küsse auf meinen Lippen, warm und feucht, ihr Körper an meinem. Ich kann sie spüren, wie sie jetzt bei mir ist.

«Stopp, ich darf mich dem nicht zu sehr hingeben. Es frisst mich sonst auf!»

Ich rufe mich selbst zur Ordnung, ich versuche es. Ein kläglicher Versuch, der scheitert. Aber ich bemühe mich auch nicht.

Das Lämpchen an meinem Telefon blinkt. Ich weiß nicht, wie viele verpasste Anrufe und nicht abgehörte Nachrichten es sind, denn gezählt habe ich sie nicht. Am Nachmittag kommt ein Freund von mir vorbei. Er will nach mir sehen.

«Wie geht es dir?» Mitfühlend sieht er mich an.

«Was denkst du denn?», entgegne ich ihm. Ich weiß, dass mein Tonfall zu hart ist, es tut mir auch leid, aber ich entschuldige mich nicht.

«Ich weiß, es ist einfach scheiße.»

Betreten schaut er zu Boden, auch ihm fehlen die Worte. Eine Weile schweigen wir uns an. Ich blicke aus dem Fenster, sehe die vorbeifahrenden Autos, den monoton vor sich hingleitenden Verkehr. Es ist ein Anspannung in diesem Raum, ich kann sie spüren, sie zerschneidet die Luft.

«Was hat sie gesagt?» Als ich nicht sofort antwortete, fügt er hinzu: «Ich meine in dem Brief?»

Meine Hände greifen nach einem Umschlag, vorsichtig hole ich ein einzelnes Blatt Papier hervor, falte es sorgsam auseinander. Ich räuspere mich, versuche meiner Stimme Klarheit zu geben:

«Ich weiß, dass meine Worte dich nicht trösten werden. Aber bitte gib dir keine Schuld daran. Es war von Anfang an klar, dass es so enden wird. Das habe ich immer gewusst. Wir haben es versucht, aber es war falsch. Und nun muss ich dich enttäuschen, dir weh tun. Es tut mir leid, aber ich sehe keine Alternative.»

Ich stocke, schaffe es einfach nicht weiterzulesen. Ich kenne die Worte mittlerweile auswendig. Mein Freund blickt mich nur an. Ich sehe, wie er nach Worten ringt, aber er bleibt stumm.

«Verdammt, ich hätte alles für sie getan. Sie ist…», ich schlucke kurz meinen Schmerz hinunter, «…war der wichtigste Mensch in meinem Leben. Es wirkt alles so falsch, nicht echt. Ich kann es nicht akzeptieren.»

Meine Augen werden feucht, gleich werden Tränen meine Wangen hinabgleiten. Es ist mir egal, ich war schon seit Tagen so gefühllos, so erstarrt, jetzt bricht es endlich aus mir heraus, die Trauer, die Wut.

«Ich habe doch alles getan, was ich konnte, oder?» Bevor er antworten kann, rede ich weiter, die Worte sprudeln aus mir heraus. «Oder habe ich etwas falsch gemacht, etwas übersehen? Hätte es dann noch Hoffnung gegeben?»

Er wartet einen Moment, geht kurz in sich, dann antwortet er mir: «Du hast nichts falsch gemacht. Rede dir das nicht ein! Diese Entscheidung hat sie getroffen.»

«Ja», antworte ich, «Aber ich kann diese Entscheidung nicht nachvollziehen… es tut so weh.»

«Ich weiß. Wir können es alle nicht verstehen.» Und dann tut er etwas, was ich noch nie bei ihm erlebt habe. Er nimmt mich in den Arm, drückt mich an sich. Doch diese Berührung löst nichts in mir aus, sie tröstet mich nicht. Nein, ich stelle mir vor, wie ich sie in den Arm nehme, die Wärme ihres

Körpers spüre. Aber es gibt keine Wärme mehr. Nicht mehr in diesem Leben.

Zehn Minuten später verabschiedet er sich von mir. «Wir sehen uns in drei Tagen. Melde dich, falls ich dich abholen soll, ok?»

Ich nicke schweigend zum Abschied und bleibe zurück in der leeren Wohnung. Stille begleitet mich, sie droht sich immer weiter auszubreiten. Ich gebe mich wieder meinen Gedanken hin. Die Wohnung ist voller Erinnerungen. Ihre Nummer ist in meinem Smartphone gespeichert. Wie oft habe ich sie angerufen, wie oft habe ich ihr geschrieben? Ich lese die alten Chatverläufe, ich blättere in unserem gemeinsamen Fotoalbum. Hätte ich es früher erkennen müssen? Finden sich hier irgendwo Hinweise? Ich komme nicht weiter, werde nie eine Antwort auf all diese Fragen bekommen. Mir bleibt nur die Akzeptanz, die Realität zuzulassen, es ist vorbei, es ist das Ende. Aber ich vermisse sie, diese Frau, und ich weiß nicht, ob sich dies jemals ändern wird. Vielleicht werde ich wieder leben können, aber über diesem Leben wird immer ein Schatten sein, ihr Schatten, der mich verfolgt, mal schwächer, mal deutlicher sichtbar. Sie war ein Teil von mir, und sie wird es immer bleiben. Trotz des Abschieds ohne Rückfahrschein.

«Warum bist du dort hingegangen? An diesen Ort? Ich kann dir nicht folgen.»

MONSTER

Der Abend begann in ihrem gelben Ford Fiesta. Es war ihr erstes Auto gewesen, sie fuhr es bereits seit ihrem Abitur. Leon blickte hinab auf seine weißen Turnschuhe, die er für diese Nacht herausgesucht hatte. Der Wagen rollte gleichmäßig durch den Verkehr, sie war eine gute Fahrerin. Kurz sah er zu ihr herüber. Die Haare hatte sie zu einem Zopf zusammengebunden, so offenbarten sich in voller Gänze die Sommersprossen auf ihrem Gesicht. Ihre tiefblauen Augen sahen konzentriert auf die Straße. Emilia bemerkte seinen Blick, sie musste lächeln, nahm ihre rechte Hand vom Lenkrad und berührte sanft seinen Oberschenkel. Er liebte sie, das wusste er. Sie war perfekt, nie hätte er eine bessere Frau finden können.

«Ist echt super, dass du uns hinfährst. Vielen Dank nochmal.» Es war Bastis Stimme, die er hinter sich wahrnahm.

«Ja, dann brauchen wir nicht die S-Bahn zu nehmen», ergänzte Tim, dessen lallender Stimme anzumerken war, dass er bereits einiges getrunken hatte.

«Kein Problem, mach ich doch gerne», sagte Emilia ruhig. «Ich muss eh zu meiner Schicht, da passt das optimal.» Sie blickte kurz in den Rückspiegel und musste beim Anblick von Tims glasigen Augen schmunzeln. «Aber trinkt besser nicht mehr so viel.»

«Kann ich nicht garantieren», johlte Tim. Emilia lachte.

«Am Wochenende mitten in der Nacht zu arbeiten, ist echt bescheuert.» Basti runzelte die Stirn.

«Naja, gehört halt zu meinem Job», antwortete Emilia.

«Du rettest Leben und wir gehen feiern. Was für ein Kontrast», gluckste Tim.

«Also ich bin mal optimistisch und hoffe, dass es diesmal eine ruhige Nacht wird. Meist hört es sich anstrengender an, als es am Ende wirklich ist.»

Leon wusste nur zu gut, dass Emilias Aussage nicht komplett der Wahrheit entsprach. Sie liebte ihren Job, aber allzu oft hatte er sie nach ihren Schichten erschöpft nach Hause kommen sehen. Wie sie einfach nur noch unter die Dusche ging und danach todmüde ins Bett fiel, unfähig, sich noch für irgendetwas aufzuraffen. Sie arbeite hart für ihren Traum, auch wenn dies unzählige Nachtschichten als Assistenzärztin in der Klinik bedeutete.

Er beteiligte sich nicht an dem Gespräch, legte jedoch kurz seine Hand auf die von Emilia. Sie nahm ihren Blick kurz von der Straße und schaute ihm sanft in die Augen.

***

«Du kannst uns gleich hier vorne rauslassen.» Leon deutete auf eine kleine Einbuchtung am Straßenrand. «Die restlichen Meter gehen wir dann zu Fuß.» Sie stiegen aus dem Fiesta. Er gab ihr einen Kuss.

«Ich wünsche euch viel Spaß», verabschiedete sich Emilia. Er sah sie noch einmal an.

«Ich liebe dich», dachte er, sprach es aber nicht aus.

Dann ließ er die Beifahrertür hinter sich zufallen und ging zu seinen Freunden. Im Hintergrund hörte er Emilia wieder auf die Straße fahren. Basti winkte ihr hinterher.

«Mach mal schneller», maulte Tim in Leons Richtung. «Ist doch ganz schön kalt.»

Die Diskothek war an diesem Samstag gut besucht. Sie waren häufiger hier, es lief meist ordentliche Musik, die Getränke waren günstig. In letzter Zeit waren sie wieder regelmäßig unterwegs, in diesem Monat war es bereits das dritte Mal. Für Emilia war es in Ordnung. Sie fand es gut, dass er was mit seinen Freunden unternahm. Außerdem musste sie in den letzten Wochen ohnehin immer am

Wochenende arbeiten. Auch Leon bemerkte, dass in diesen Nächten etwas von ihm abfiel. Etwas, was sich die ganze Woche angestaut hatte. War es der Stress, der Druck? Der ganze Ballast von seiner Arbeit, die ihm nicht wirklich Spaß machte? Er wusste es nicht, aber es war ihm egal. Er stürmte auf die Tanzfläche, ließ seinen Körper im Rhythmus des Beats treiben, bis ihm der Schweiß auf der Stirn lag.

«Geiler Abend, oder?» Tim grölte ihm ins Ohr, um die Lautstärke der Boxen zu übertönen.

«Auf jeden Fall», antworte Leon beiläufig.

Sie standen am Tresen, jeder mit einer Flasche Bier in der Hand. Mittlerweile hatte auch er einiges getrunken. Er fühlte sich berauscht vom Alkohol, sein Puls pochte in rasender Geschwindigkeit, das Adrenalin durchströmte seinen Körper. Und doch blickte er fokussiert auf die Tanzfläche. Sein Interesse galt der kleinen Blondine nur wenige Meter von ihm entfernt. Ihre schulterlangen Haare flogen in sämtliche Himmelsrichtungen, während sie mit ihrem schlanken Körper über die Tanzfläche fegte. Ihre hautenge Jeans zog sich straff über ihre Beine, ihr Oberteil verdeckte nur einen geringen Teil ihrer Reize. Er konnte nicht anders, seine Augen folgten ihr unentwegt, er kam nicht mehr von ihr los. Etwas flammte auf, schien in ihm zu lodern. Begehrlichkeit, Lust.

«Alter, ist die geil.» Tim hatte sie ebenfalls bemerkt, glotzte sie aus glasigen Augen an. Basti dagegen blieb still, seine Augen wechselten zwischen der Tanzfläche und seinen Freunden hin und her. Sein Blick blieb an Leon haften, den er mit besorgtem Ausdruck anschaute. Doch dieser erwiderte den Blick nicht, starr hing er an der Frau.

Leon stellte sein Bier auf dem Tresen ab und ging einige Schritte auf sie zu. Er fühlte eine Hand auf seiner Schulter, doch er schüttelte sie mühelos ab. Die Frau war ihm jetzt so nah. Wie in Trance schien sie zu schweben, ihre Bewegungen wirkten einstudiert, hatten eine Wirkung auf ihn, die er nicht beschreiben konnte. Sie war in diesem Moment der Mittelpunkt all seiner Wünsche. Es war, als gebe es nur sie und nichts anderes, als wäre die Welt für den Bruchteil von Sekunden auf diese paar Meter zusammengeschrumpft. Er konnte sie berühren. Und dann blickte sie auf, sah ihm direkt in die Augen. Leon tat es einfach, ganz unbewusst waren seine Hände um ihre Taille geschlungen, sanft drückte er sie an sich. Sie ließ es zu, kein Zeichen von Schüchternheit. Er konnte ihr Parfüm riechen, es mischte sich mit dem Schweiß. Ihre Haut fühlte sich fest und warm an. Sie schmiegte sich an ihn. Er wusste nicht, wie lange sie getanzt hatten, ihr Körper sich an seinem rieb, sie seine Erregung bis zum

Äußersten steigerte. Irgendwann pressten sich ihre Lippen an seine, sie schmeckte süß und nach Nikotin. Die Sekunden vergingen, doch er hatte das Gespür für Zeit und Raum verloren. Sie flüsterte in sein Ohr, zog ihn an der Hand, hinaus aus dem Club. Er blickte noch einmal zurück. Basti stand noch immer am Tresen, er starrte ihn an. Leon sah in das verzweifelte Gesicht seines Freundes. Dessen Mund begann zu sprechen, aber er konnte die Sätze nicht hören. Doch ganz deutlich erkannte er ein Wort auf den Lippen seines Freundes:

«Emilia»

***

Zweimal hatten sie in der letzten Stunde gefickt. Sie hatten sich die Klamotten vom Leib gerissen und sich einander hingegeben. Stures, animalisches Verhalten. Jetzt lag sie neben ihm, war eingeschlafen. Ihren Namen kannte er nicht. Oder hatte er ihn nur vergessen, weil er nicht wichtig war? Er wusste es nicht, aber es war ihm ohnehin gleich. Er starrte an die Decke, der Raum wurde spärlich durch eine Straßenlaterne beleuchtet, die Vorhänge waren einen Spalt breit geöffnet. Er sah auf seine Armbanduhr. Es war vier Uhr in der Nacht. Er dachte an Emilia. Ihre Schicht ging noch bis sechs Uhr. Was sie wohl gerade tat? Er fühlte sich schlecht, so wie beim letzten Mal. Er musste an

Bastis Gesichtsausdruck denken. Seine Freunde hatten es gesehen. Beim ersten Mal konnte er es noch verheimlichen. Vor zwei Wochen war er noch länger in der Diskothek geblieben. Er hatte sie angelogen, dass er noch einen alten Freund getroffen habe und bleiben wolle. Von der Rothaarigen hatte er ihnen nicht erzählt.

Warum hatte er es getan? Warum hatte er es diese Nacht wieder getan? Bereits vor zwei Wochen war ihm keine Antwort eingefallen und er fand sie auch jetzt nicht. Irgendetwas trieb ihn dazu, er konnte sich dessen nicht erwehren. Er war schwach, das wusste er, armselig, ganz unten angekommen. Das hatte sich schon angedeutet und nun war es so weit. Er hasste sich, hasste sich für all das. Leon zog sich an und verließ die Wohnung. Er würde sie nie wieder betreten. Nächsten Monat war es vermutlich ein anderes Haus, eine andere Straße, irgendwo in der Stadt. Wen kümmerte es.

Er brauchte etwa zwanzig Minuten bis zur S-Bahn-Station. Stumm saß er auf seinem Platz, einige Nachtschwärmer zogen an ihm vorbei, doch er beachtete sie nicht. Sein Gesicht spiegelte sich im trüben Glas der Fenster. Er sah nur noch eine Hülle, den Menschen im Spiegelbild erkannte er nicht, wollte ihn nicht kennen. Er war ihm fremd geworden.

Er ließ gegen fünf Uhr die Tür ihrer Wohnung hinter sich zufallen und begab sich ins Schlafzimmer. Doch er fand keine Ruhe, er war nicht müde, nur kaputt. Er fühlte sich einfach nur leer. Sein Blick fiel auf das gemeinsame Foto von ihm und Emilia an der Wand. Vom letzten Sommer. Urlaubserinnerungen. Daneben ein Bild von Emilia beim Schwimmen mit Delfinen. Sie strahlte vor Freude. Er stellte sich für eine Weile unter die Dusche, wusch sich die Nacht ab. Doch als er hinaustrat, fühlte er noch immer den Dreck auf seiner Haut, er konnte nichts dagegen tun, es blieb an ihm haften. Zwanzig vor sechs. Ihre Schicht war bald zu Ende, wenn sie nicht wieder länger als notwendig dort blieb. Leon begab sich in die Küche und machte Kaffee. Der Duft breite sich langsam im gesamten Raum aus, doch er nahm ihn kaum war. Er schmeckte nur Kälte und Trostlosigkeit auf der Zunge.

Das Drehen des Schlüssels im Schloss kündigte sie an. Er saß still am Küchentisch, wartete auf sie.

«Du bist ja wach.» Sie lächelte ihn an.

«Ja, konnte nicht schlafen.» Er hoffte sie würde seinen gequälten Gesichtsausdruck auf die Müdigkeit schieben. «Soll ich Frühstück machen?»

«Oh ja, gerne. Es war so anstrengend heute Nacht.» Sie umarmte ihn fest und küsste ihn auf die Wange. Er ließ es zu. «Wie war es im Club?»

«Gut», antwortete er knapp.

«Du bist ja auch noch ziemlich fertig, oder?» Sie grinste ihn an.

«Ja, tut mir leid.»

»Das ist doch nicht schlimm. Ist doch normal.» Sie ging unter die Dusche, Leon bereitete das Frühstück zu. Als sie wieder in die Küche kam, hatte sie ihren Pyjama angezogen. Den mit den lustigen Hunden drauf. Er war ihr Lieblingspyjama.

«Vielen Dank, dass du Frühstück gemacht hast. Du bist wirklich der perfekte Mann.» Sie strahlte ihn an.

«Bin ich das?» Er konnte sie nicht ansehen, er konnte einfach nicht in diese Augen blicken. Würde er es je wieder können?

«Ja, bist du, ich bin so froh dich zu haben.» Sie erzählte ihm von der Nachtschicht, doch er hörte nicht zu, jedenfalls nicht richtig. Er nickte, ein kurzes «ok».

«Ich bin froh, dich zu haben.» Ihre Worte hallten in seinem Kopf nach, immer und immer wieder. Sie gingen ins Bett. Emilia legte sich in seinen Arm, drückte sich fest an ihn, er hielt es kaum aus. Er merkte, wie sie langsam ruhiger wurde, dabei war einzuschlafen. Er räusperte sich. Ihre Lider öffneten sich leicht, sie blickte ihn an.

«Ist was?»

Er würde es nie gutmachen können, er würde nie mehr in den Spiegel schauen können. Er war kein Mensch mehr, nur eine verabscheuungswürdige Kreatur, ein Monster. Er hatte es sich selbst ausgesucht und nun gab es kein Zurück mehr.

«Nein, ich wollte nur sagen…» Er machte eine Pause, ließ sie vorsichtig los, drehte sich zur Seite und schloss die Augen. «Ich liebe dich.»

DER PFAD ZUM PARADIES

Er konnte den Atem des Mannes kaum noch vernehmen. Nur bei genauer Betrachtung sah er, wie sich sein Oberkörper langsam bewegte, sich für einige Millimeter hob und dann wieder senkte. Diese ausgemergelte Figur, gänzlich seiner Kraft und Energie beraubt, nur ein Schatten eines früheren Lebens. Um ihn herum schrien die Menschen, wankten hektisch umher, ein wirres Durcheinander von Körpern. An den bestialischen Gestank hier unten hatte er sich schon seit langer Zeit gewöhnt, es war zu einer Randnotiz verkommen, überdeckt von weit schlimmeren Grausamkeiten, denen er hier unten gewahr wurde. Wie lange war er nun schon an diesem Ort? Es war, als würde sich ein Schleier um seine Erinnerungen legen, seine Vergangenheit konnte er nur bruchstückhaft erkennen, verschlungen von dem Grauen, was ihm jeden Tag aufs Neue begegnete. Er sah in die Augen des Mannes und dieser starrte zurück. Als ihre Blicke sich trafen, war er wieder da, dieser eine kurze Moment, der sich wie eine Ewigkeit anfühlte. Wie oft hatte er diesen Moment in der vergangenen Zeit durchleben müssen? Wenn er es in ihren Augen sehen konnte, die Furcht und gleichzeitige

Gewissheit des nunmehr unabdingbaren Schicksals. Wenn alle Hoffnung vergeben war und kein Beten sie erretten konnte. Wenn das Leben hier in diesem dunklen, nur von dreckigen Öllampen erleuchteten Zelt ein jähes, unrühmliches Ende nahm. Nur ein weiteres Opfer eines vergebenen Kampfes gegen die sich unaufhaltsam fortschreitende Maschinerie des Todes. Er hob seinen Blick und sah zu der jungen Frau, die mit zitternden, blutbefleckten Händen in krampfartiger Haltung neben ihm stand.

Als er sprach, tat er es mit fester Stimme: «Es ist vorbei, deck ihn ab. Und kümmere dich darum, dass er hinaus geschafft wird. Er atmet nicht mehr!»

***

Er hatte das Zelt verlassen. Die Luft war kühl, doch es roch nach Blei und Benzin. Lediglich eine kleine Laterne beleuchtete die unmittelbare Umgebung vor ihm, doch die Dunkelheit der Nacht wurde immer wieder durch grelle Lichtblitze unterbrochen, gefolgt von den Donnerschlägen der Artillerie. Die Schreie der Männer waren ebenso wie die Gewehrschüsse zu einer alltäglichen Routine für ihn geworden. Sie waren einfach da, es gab keine Pausen. Es war das letzte Verlässliche in einer Welt, die aus den Fugen geriet. Doch musste er sich in ihr zurechtfinden, denn sie war zu seiner Welt geworden. Es gab Momente, in denen er sich nicht mehr an sein altes Leben erinnern konnte. Es war wie ausgelöscht, er hatte keine Vergangenheit, keine Zukunft, da war nur die abscheuliche Gegenwart. Er griff mit seiner Hand an das Medaillon an seiner Brust und spürte, wie sich seine Erinnerungen langsam wieder zusammenfügten. Es steckte noch irgendwas in ihm, aber er wusste, dass er auch diesen Rest verlieren würde.

Er zog eine Zigarette aus seiner rechten Hosentasche und zündete sie an. Der Geschmack von Nikotin betäubte seine Zunge. Er nahm einen tiefen Zug und ließ den Qualm hörbar aus seiner Nase austreten. Einige Meter von ihm entfernt wurde ein Verwundeter auf einer Trage transportiert. Die Soldaten sahen sich hilfesuchend um. Er konnte den Mann auf der Trage sehen.

«Leichte Verletzungen in Zelt 3», sagte er nüchtern. Dem Soldaten fehlten zwei Finger an seiner linken Hand und in den Beinen schienen mehrere Granatsplitter zu stecken.

«Aber…», begann einer der Träger langsam, doch er ließ ihn nicht weiter zu Wort kommen.

«Mein Sohn, in dieses Zelt hier wollen sie nicht gehen. Wenn ich mir ihren Freund so ansehe, hat er noch Glück gehabt.»

Die Soldaten blickten sich betreten an, dann gingen sie schweigend Richtung Zelt 3. Beim Vorbeigehen erkannte er, dass der Verwundete sich mit seiner unversehrten Hand an ein Kreuz klammerte, undeutlich murmelte er die Worte «Der Herr ist mein Hirte» vor sich hin. Er blickte ihnen noch einige Sekunden hinterher.

«Gott hat diesen Ort verlassen», dachte er sich. «Wenn er je hier gewesen war, dann hat er sich vor langer Zeit davon abgewandt. In den Schützengräben wird niemand seine Erlösung finden, nur das Feuer und den Tod. Dann kommt das Nichts.»

Er warf den Zigarettenstummel zu Boden und trat die glühende Asche aus.

**

Die Bomben fielen um drei Uhr. Das Surren in der Luft, die Stille vor dem Aufschlag, nur Sekunden, doch wirkten sie wie eine Ewigkeit. Dann regnete es Feuer. Es dauerte nicht länger als eine halbe Minute, doch zurück blieb nur der Tod. Er versuchte die Orientierung zurück zu erlangen. Seine Ohren dröhnten, gedämpft vernahm er die Schreie, sie wirkten so weit entfernt. Der dichte Rauch nahm ihm die Sicht, er konnte nicht sehen, was um ihn herum geschah. Es roch nach verbranntem Fleisch. Blind tastete er umher, seine Hände berührten den Stoff der Zeltwand, zerfetzt und unbrauchbar. Er zog sich an irgendetwas hoch, doch als er sich aufrichten wollte, fiel er einfach wieder zu Boden. Seine Beine fanden keinen Halt, versagten ihren Dienst. Er robbte umher, arbeitete sich langsam vor. Dann stoppte er plötzlich, denn etwas versperrte ihm den Weg. Seine Augen brauchten lange, um sich wieder an die Gegebenheiten anzupassen. Unscharf nahm er den Körper vor sich wahr. Er berührte ihn, kalt und starr war er, ohne Wärme, verbraucht. Dort, wo der linke Arm hätte sein müssen, befand sich nichts. Aus der offenen Schulter tropfte das noch verbliebene Blut heraus, beinahe schon vollständig getrocknet. Er vernahm Schritte in der Nähe, hektisch gingen sie auf und ab. Befehle wurden gerufen, von niemandem gehört. Langsam ließ er seinen Kopf auf den Oberkörper des gefallenen Kameraden sinken, den Blick nach oben gerichtet. Dies war das Ende, war es schon immer gewesen. Er ließ sich fallen, war zu müde, zu ausgelaugt. Die Welt um ihn herum hatte keine Bedeutung mehr, war sinnlos geworden. Hatte es jemals einen Sinn gegeben? Der Rauch hatte sich etwas verzogen, gab nun wieder den Himmel frei. Die Nacht war klar, wolkenlos, die Sterne leuchteten hell. In der Ferne hörte er Donnerschläge, wie Trompeten verkündeten sie die Botschaft. Und dann sah er es, das Feuerwerk am

Himmel. Die Engel, sie kommen, um ihn zu holen, ins Paradies zu führen. Schnell kamen sie näher, gleich schon waren sie da. Mit letzter Kraft breitete er seine Arme aus, wollte sie in Empfang nehmen, sie begrüßen. Da wurde es wieder ruhig, nur für einen Augenblick. Die Welt hörte auf sich zu drehen. Er streckte seine Finger nach ihnen aus, konnte sie berühren. Sie waren da. Und jetzt blieb es still. Für immer.

Der junge Mann stand auf dem Bahnsteig und blickte auf seine Armbanduhr. Ihm entkam ein wütendes Schnauben. Er war leicht verschwitzt, die Ader an seinem Hals pulsierte im Takt seines Herzschlags. Er war den gesamten Weg gerannt, um den Zug nicht zu verpassen, und nun verspätete sich dieser. Erneut richtete er seine Augen auf die Uhr. Doch auch der Blick auf dieses makellose Exemplar aus Edelstahl mit dem ledernen Armband, welches ihm Monique zu seinem letzten Geburtstag geschenkt hatte, konnte ihn nicht beruhigen. Er würde seinen Anschlusszug verpassen und damit auch die Präsentation.

«Verdammt», entfuhr es ihm etwas zu laut, denn einige Passanten drehten sich zu ihm um. Dieser Vortrag am heutigen Nachmittag war besonders wichtig für ihn. Er musste die Kunden dort von der Software seiner Firma überzeugen. Seiner eigenen Karriere würde dies einen ordentlichen Schub bringen.

«Ein Glück, der Zug ist noch nicht abgefahren. Ach, Markus, du bist es.»

Ein Mann mittleres Alters trat neben ihn. Markus erkannte ihn sofort. Georg Schwartz, ebenfalls im gleichen Unternehmen angestellt. In letzter Zeit waren sie häufiger in den gleichen Städten unterwegs. Der Mann war ein Arbeiter, wie er im Buche stand, ein Sinnbild des Erfolgs und mit einer dreißigjährigen, beispiellosen Berufskarriere. Markus musste sich eingestehen, dass er diesen Mann bewunderte. Was er in all den Jahren geleistet hatte, suchte wirklich seinesgleichen. Georg schien dort angekommen zu sein, wo Markus hinwollte, an die Spitze, ganz nach oben. Er zog die wirklich dicken Fische, die großen Aufträge an Land. Und genau heute hatte auch Markus endlich die Möglichkeit, es seinem Vorbild gleichzutun. Denn trotz seinen Bemühungen, dem ganzen Aufwand, all der Arbeit, den Überstunden hatte er selbst nach fünf Jahren noch immer nicht den Status erlangt, den er schon so lange angestrebt hatte.

«Ja, sieht wohl so aus. Ich warte hier auch schon eine Weile», antwortete Markus zerknirscht.

«Alles in Ordnung bei dir?», fragte Georg vorsichtig nach.

«Jaja», begann Markus, «es ist nur so, dass ich heute noch unbedingt weiter muss, und wenn der Zug nicht mal so langsam eintrudelt, dann muss ich den Termin absagen.»

Georg schaute ihn kurz an, dann umspielte ein Lächeln sein rundes Gesicht.

«Ah, sehr fleißig, junger Mann, die Einstellung lobe ich mir. Damit wirst du es noch sehr weit bringen. Wo musst du denn hin?»

«Kiel», antworte Markus. «Kohler & Dethlefsen Consulting.»

Georg ließ einen kurzen anerkennenden Pfiff ertönen. «Mensch, nicht schlecht. Zu so einem Termin würden die mit Sicherheit nicht jeden schicken. Kannst stolz auf dich sein. Die da oben müssen ja einiges von dir halten.» Er nickte Markus wohlwollend zu.

«Ach, das hätte sicherlich auch jemand anderes machen können», bemerkte Markus beiläufig, errötete allerdings leicht.

«Keine falsche Bescheidenheit, Markus. Das ist nichts Alltägliches und dazu darfst du auch stehen.»

Die Worte von Georg ließen ihm die Brust vor Stolz anschwellen, er war gerührt von den Worten seines Vorbilds. Doch die Freude hielt nicht lange an, denn Markus wurde wieder bewusst, dass er noch immer spät dran war. Was würde es für einen Eindruck machen, wenn er zu spät zum Termin erscheinen würde? Mit Sicherheit würde ihm dieses Verschulden angelastet werden und wenn dann kein Deal mit Kohler & Dethlefsen Consulting zu Stande käme, dann wäre es erstmal aus mit der schönen Karriere. All seine Mühe wäre umsonst gewesen. Nervös blickte er wieder auf seine Armbanduhr. Es waren weitere fünf Minuten vergangen. Fünf sinnlose, unsägliche Minuten, verschwendete Zeit.

«Ah, schau doch mal, ist das unser?», fragte Georg und zeigte mit dem Finger den Bahnsteig entlang. Markus folgte seiner Geste und sah den herannahenden ICE.

«Ja, das ist unser Zug», sagte er zu Georg und ein Hauch von Entspannung durchströmte seinen Körper.

***

Die Abteile waren zu diesem Zeitpunkt nicht besonders gefüllt. Sie suchten sich einen Vierersitz mit Tisch in der Mitte und nahmen gegenüber voneinander Platz. Nach kurzer Zeit befanden sich zwei Laptops vor ihnen und die beiden Männer waren in ihre Unterlagen vertieft. Markus ging innerlich immer wieder das kommende Beratungsgespräch durch, er hatte sich gut vorbereitet. Er wollte nichts dem Zufall überlassen und hatte den Ablauf des Treffens detailliert geplant. Er war gerade dabei, seine Präsentation zum dritten Mal zu überprüfen, als ihn das Vibrieren seines Smartphones aus seinem Arbeitsprozess heraus holte. Er hatte fünfzehn unbeantwortete Nachrichten. Er selektierte diese aufgrund ihrer Anzahl kurzerhand nach Wichtigkeit. Er stockte, als Moniques Name in der Liste auftauchte. In der Vorschau las er folgenden Text:

«Hey, mein Schatz, ich hoffe, es geht dir gut? Bist du gut angekommen? Ich weiß, dass du bestimmt nicht viel Zeit hast, und ich will dich ja auch gar nicht stören. Aber ich freue mich so auf morgen Abend. Ich habe schon…»

Mehr gab die Vorschau nicht her. Er hätte die Nachricht öffnen müssen, um ihren gesamten Inhalt zu sehen, doch er entschied sich dagegen. Er wusste ja schließlich, worum es ging. Obwohl er sich eingestehen musste, dass ihn der Abend mit Monique am heutigen Tag noch überhaupt nicht in den Sinn gekommen war. Seine Arbeit hatte seine gesamte Zeit in Anspruch genommen. Kurz plagte ihn ein schlechtes Gewissen. Monique hatte an ihn gedacht, sie dachte immer an ihn. Und er hatte sie vergessen, für ihn war sie nicht einmal existent gewesen, zumindest heute. In seinem Kopf war gerade kein Platz für sie. Markus starrte auf den Bildschirm. Er könnte ihre Nachricht einfach lesen und ihr antworten. Wie lange würde das dauern? Fünf Minuten, wenn überhaupt. Er sah kurz auf die Uhr, dann überlegte er es sich anders. Das war jetzt einfach nicht wichtig genug, sie würde es verstehen, hätte mit Sicherheit Verständnis dafür. Er legte sein Smartphone zur Seite und wandte sich wieder der Präsentation zu.

***

Laut den Zeigern seiner Uhr waren sie nun schon etwas über eine Stunde unterwegs. Knapp die Hälfte der Fahrzeit war also geschafft. Er würde zwar noch einmal umsteigen müssen, allerdings war er wieder im Zeitplan. Markus sah kurz von seinem Laptop auf. Seine Augen waren trocken, er musste blinzeln, um wieder einen klaren Blick zu bekommen. Er griff sich die Wasserflasche aus seiner Tasche. Er hatte heute viel zu wenig getrunken. Er richtete seine Augen durch die trübe Scheibe des Abteils hinaus auf die vorbeiziehende Landschaft. Bäume, Felder, einzelne Häuser kamen kurz in sein Blickfeld, um dann wieder zu verschwinden. Erst jetzt fiel ihm wieder auf, wie angespannt er eigentlich war. Kurz verharrte sein Blick in der Ferne, dann streckte er sich, versuchte die Müdigkeit in seinen Gliedern abzuschütteln. Der Rücken tat ihm weh, viel zu verkrampft hatte er die ganze Zeit dagesessen. Sein Blick fiel auf Georg, der immer noch konzentriert auf seinen Laptop schaute. Die Augen leicht zugekniffen, die Stirn in Falten gelegt, den Mund leicht geöffnet, war er ganz in seine eigene Welt vertieft.

«Sehe ich auch so angespannt aus, wenn ich arbeite?», überlegte Markus. Georg und er hatten keinerlei große Ähnlichkeit, aber Markus beschlich das Gefühl, in eine Art Spiegel zu sehen, wenn er diesen beleibten, kahlköpfigen Mann vor sich sitzen sah. Das alles wirkte auf eine merkwürdige Art und Weise bekannt, beinahe vertraut.

«Wird es dir manchmal eigentlich auch zu viel?» Markus staunte kurz über sich selbst. Eigentlich hatte er diese Worte gar nicht laut aussprechen wollen.

«Wie bitte?» Georg blickte zu ihm auf und wirkte verwirrt.

«Naja», begann Markus, «ich meine die Arbeit, die ganzen Aufträge, Präsentationen, der Zeitdruck, all das.» Es wirkte für ihn auf einmal ganz natürlich, diese Frage zu stellen.

«Hmm», Georg überlegte kurz, bevor er antwortete. «Weißt du, ich mache das Ganze schon so lange, es ist Teil meines Lebens, es gehört einfach dazu. Nur wer hart arbeitet, der bekommt auch viel zurück. Von Nichts kommt nichts.»

Markus ließ die Worte kurz auf sich wirken.

«Viel zurück», dachte er. «Eigentlich steht die Arbeitszeit gar nicht in dem Verhältnis zu dem, was am Ende rauskommt. All die Überstunden, kaum Freizeit.» Er wandte sich wieder Georg zu.

«Und wie machst du das mit deiner Familie? Ich meine, wie bringst du das alles unter einen Hut?»

Erst beim Aussprechen dieser Frage wurde Markus bewusst, dass er eigentlich nichts von Georg wusste, was über das Arbeitsleben hinaus ging. Er war ein völlig unbekannter Mensch für ihn. Nie hatten sie über Privates gesprochen, über Hobbys oder Vorlieben. Sie waren nur durch die Arbeit verbunden, wie zwei Zahlen in einem System.

«Habe keine», entgegnete Georg kurz. «Hätte doch auch gar keine Zeit dafür.» Er grinste, doch Markus blieb stumm. «Naja, ich arbeite dann mal weiter, wenn es dich nicht stört. Hab doch noch einiges auf dem Zettel.»

Er senkte wieder den Blick und nahm die gewohnte Haltung vor dem Laptop ein. Markus sah ihn noch einige Zeit an.

Auch eine halbe Stunde später schwirrten die Worte von Georg noch immer in seinem Kopf umher. Er sah hinüber zu dem Mann, der so angespannt in seine Arbeit vertieft war. Ist das alles der Preis für die Karriere, die er bislang immer angestrebt hatte? Fühlt es sich so an, wenn man ganz oben ist, an der Spitze? Er hatte Georg immer bewundert, aber wofür eigentlich? Was hatte er in diesem Mann gesehen? Und warum dachte er genau in diesem Moment darüber nach? Markus rieb sich die Stirn, denn er hatte leichte Kopfschmerzen. All diese Fragen, er fand keine Antworten darauf. Ausgerechnet er, der alles so gut strukturiert und geordnet hatte, jede Kleinigkeit auf der Waage abmaß, immer Perfektion von sich abverlangte. Er war müde und ließ sich unbewusst etwas weiter in den Sitz fallen.

«Nur kurz mal ausruhen», dachte er sich. «Fünf Minuten.» Er schloss seine Augen. Und ohne es zu wollen, fiel er in einen kurzen, unruhigen Schlaf.

***

«Wir haben unser Ziel Hamburg Hauptbahnhof erreicht.»

Die Zugdurchsage holte Markus unsanft in die Realität zurück. Er brauchte einen kurzen Moment, um sich zu orientieren, dann wurde ihm wieder klar, wo er sich befand.

«Der Anschlusszug, ich darf ihn auf keinen Fall verpassen. Gott sei Dank bin ich rechtzeitig aufgewacht.»

Er haderte kurz mit sich selbst. So etwas durfte ihm nicht wieder passieren. Er mochte sich gar nicht vorstellen, was passiert wäre, wenn ihn die Durchsage nicht aufgeweckt hätte. Markus sah auf seine Armbanduhr. Der Zug war tatsächlich pünktlich angekommen, er würde seine Präsentation halten können. Er atmete einmal tief durch.

«Nichts passiert, bleib ruhig», sagte er leise zu sich selbst.

Während er hastig seinen Laptop und die Unterlagen in seiner Tasche verstaute, fiel sein Blick auf Georg, der anscheinend ebenfalls eingeschlafen war. Völlig entspannt lehnte dieser in seinem Sitz, das Kinn war ihm auf die Brust gefallen, die Brille hing schief herunter. Markus war verwundert. Es war schon merkwürdig genug, dass er selbst eingedöst war, aber von Georg hätte er das nun wirklich nicht erwartet. Georg Schwartz pennt im Zug ein. Der Georg Schwartz, bester Mann und Aushängeschild der Firma.

«Ich hätte gedacht, dass dieser Mann niemals schläft. Denn wer schläft, der kann ja nicht arbeiten.»

Markus schüttelte den Kopf. Langsam näherte er sich Georg. Es wäre unfair, ihn einfach weiterschlafen zu lassen. Vorsichtig redete er auf ihn ein und tippte ihm leicht an die Schulter.

«Hey Georg, aufstehen.»

Doch Georg machte keine Anstalten aufzuwachen. Er bewegte sich kein bisschen. Markus rüttelte nun etwas stärker an ihm, doch es tat sich nichts.

«Das kann doch nicht wahr sein, wie tief schläft der denn?», dachte sich Markus.

Er wurde nun etwas unruhig. Irgendwas schien hier nicht zu stimmen. Erneut tippte er Georg an die Schulter und als dieser plötzlich nach vorne kippte und mit dem Kopf auf den Laptop aufschlug, breitete sich die Panik in Markus aus.

Der Arzt hatte nur noch den Tod feststellen können. Georgs Herz habe aufgehört zu schlagen, so einfach war das. Ein Mann setzt sich in den Zug und steht nicht wieder auf. Georg Schwartz würde nie wieder zu einem Termin fahren, keine Aufträge mehr abschließen. Das Kapitel war zu Ende. Ein anderer würde an seine Stelle treten. Würde jemand informiert werden? Wie viele Menschen würden an seinem Grab um ihn weinen? Er hatte die letzten Momente seines Lebens in einem Zug verbracht, zusammen mit einem Menschen, mit dem ihn nichts außer der Arbeit verband. Markus saß noch einige Zeit am Bahnsteig. Sie hatten ihm Fragen gestellt, was passiert sei. Er hatte geantwortet. Ob sie noch etwas für ihn tun könnten? Er verneinte.

Und so saß er einfach da, blickte auf die vorbeifahrenden Züge. Er sah auf seine Armbanduhr. Sein Anschlusszug war längst abgefahren. Er sollte den Kunden Bescheid geben, dass er den Termin nicht wahrnehmen könne. Ja, das würde wohl von ihm erwartet werden, weil es gerade am wichtigsten war. Er zog sein Smartphone aus der Tasche. Dann wählte er die Nummer von Monique.

MR. BUTTONS

Eigentlich habe ich Katzen nie wirklich gemocht. Ich hielt die meisten von ihnen für arrogante, hochnäsige Tiere, denen man einfach nicht so recht trauen konnte. Vermutlich lag dies auch daran, dass mein Bruder und ich als Kinder Kaninchen als Haustiere hielten. Diese hatten draußen im Garten ihren Stall mitsamt eines kleinen Außengeheges. Daher ließ es sich nicht vermeiden, dass ab und an die Nachbarskatzen um genau jenes Gehege herumgeschlichen sind und nach einer Lücke gesucht haben, um ihrer schlappohrartigen Beute habhaft zu werden. Wenn wir also mal wieder eine Katze am Kaninchenstall vorgefunden haben, sind mein Bruder und ich johlend wie zwei Bekloppte nach draußen gerannt, um die Katzen zu verscheuchen. Das theatralische Verhalten hätten wir uns seinerzeit auch sparen können, meist war es schon ausreichend, nur die Tür zum Garten zu öffnen, damit die Katzen sich aus dem Staub gemacht haben. Ich weiß natürlich, dass eine Katze in solchen Momenten lediglich ihrem Instinkt folgt und das im Gehege umherhoppelnde Karnickel einen erfolgreichen Beutezug verspricht. Dennoch hat die Zunft der miauenden Fellträger damit keine Sympathiepunkte bei mir gewonnen.

Als ich älter wurde, hat sich meine generelle Haltung gegenüber Katzen nicht verbessert. Ich mochte sie einfach nicht und zur Wahrheit gehört ebenfalls, dass die Tiere in meinem Beisein nicht gerade die Werbetrommel für sich rührten, um meine Meinung positiv zu beeinflussen. Stellvertretend hierfür beschreibt eine Übernachtung bei einem guten Freund mein Dilemma mit den Samtpfoten am besten. Besagter Freund teilte seine Wohnung seit einiger Zeit mit seiner neuen Freundin, wobei das Wort «Freundin» hierbei natürlich für «Katze» steht. Ich hatte allerdings schon nach kurzer Zeit den Eindruck, dass es sich vielmehr um das Heim der Mieze handeln musste, die meinen Kumpel lediglich zweckmäßig als Untermieter und Futterlieferant duldete. Denn das Fellknäuel führte sich auf wie der letzte Schnorrer. Ich habe bisher unerwähnt gelassen, dass ich unter einer leichten Katzenhaarallergie leide. Dies allein macht die Übernachtung in einem von Stubentigern bevölkerten Haushalt nicht unbedingt angenehm, da ich ständig unter geröteten Augen und einer verstopften Nase gelitten habe. Dennoch wäre dieser Umstand für mich noch kein Grund gewesen, die Katze zu verurteilen. Was mich wirklich gestört hat, war die Tatsache, dass Mimi, so ihr Name, der verdächtig ähnlich wie Mimose klingt, es sich anscheinend zur Aufgabe gemacht hat, mich in dieser Nacht kein Auge zudrücken zu lassen. Bevor ich die Lichter löschte und mich unter die Decke aufs Sofa verkroch, hatte sie stundenlang lediglich in einer Ecke gelegen und vor sich hin gedöst. Doch in dem Moment, wo sich der Raum in Dunkelheit hüllte, zeigte sich auch das Tier von seiner düsteren Seite. Sie begann im Raum hin- und herzulaufen, auf die Möbel zu springen, unter lauten Knirschen das Trockenfutter in ihrem Napf zu fressen und sich mit dem überall verteilten Katzenspielzeug zu beschäftigen. Ich habe vermutlich zwei Stunden einfach so dagelegen und mich gefragt, wann zum Teufel diese Kratzbürste endlich müde werden würde? Und als ich die Hoffnung schon aufgegeben hatte, war es schlagartig still. Ich atmete tief durch und spürte, wie es mir langsam gelang ins Land der Träume abzudriften, als ich plötzlich etwas feuchtes auf meiner Kopfhaut spürte. Anscheinend fand es Mimi höchst amüsant, meine Haare abzuschlecken. Erst als ich mir die Decke über den Kopf zog und mich eine Weile nicht wieder heraus traute, schien es auch ihr langweilig zu werden. Nach einigen wenigen Stunden Schlaf schlug ich dann bereits am frühen Morgen gegen fünf Uhr die Augen auf, nur um in die mich böse anfunkelnden Augen von Mimi zu blicken. Sie lag direkt vor mir, nur wenige Zentimeter lagen zwischen unseren Gesichtern. Ich konnte sogar ihren nach Nassfutter stinkenden Atem riechen. Ihre Mimik ließ der Fantasie nur wenig Spielraum. Sie verabscheute mich. Das konnte ich ihr jedoch nicht übel nehmen, denn dieser Umstand beruhte eindeutig auf Gegenseitigkeit. Ihr Blick sagte indes unverkennbar: «Verschwinde, du Penner!» Ich glaube, wenn diese Katze größentechnisch nur irgendwie dazu in der Lage gewesen wäre, dann hätte sie mich in dieser Nacht umgebracht und meine Gebeine irgendwo im Wald verscharrt. Ja, Katzen sind schon wirklich tolle, kreative Tiere.

Es sind Erfahrungen wie diese, die mich bisher nicht zu einem Katzenliebhaber haben werden lassen. Sie haben nichts mit der eigentlichen Geschichte zu tun, die ich nunmehr erzählen möchte, doch lässt es mit Sicherheit die Ausgangslage besser verstehen, in welcher ich mich zu diesem Zeitpunkt befand. Denn es ist mir bis heute schleierhaft, wie es zu den Ereignissen kommen konnte, die an einem frühen Abend im März 2018 ihren Anfang nahmen.

Ich kam gerade mit dem Fahrrad von der Arbeit und freute mich auf den Feierabend. Ich wohne in einem Mehrparteienhaus im dritten Stock. Das

Haus selbst ist von einer größeren Auffahrt umgeben. In der einen Ecke befinden sich mehrere Garagen, eine davon wird als Abstellraum für die Fahrräder genutzt. Als ich meinen Drahtesel dort verstaut hatte und die Tür hinter mir zufallen ließ, hörte ich es einige Meter von mir entfernt miauen. Mein Blick folgte dem Geräusch und blieb nur kurze Zeit später an einem Kater haften, der mich auf seinen Hinterpfoten sitzend neugierig beäugte. Die Unterseite seines Körpers bestand aus schneeweißem Fell, lediglich eine der Pfoten war schwarz-bräunlich. Diese Farbe zog sich zudem über seinen Kopf, den Rücken und den Schwanz. Vereinzelt schien auch ein Hauch orange hindurch. Zu diesem Zeitpunkt wusste ich natürlich noch nicht, dass es sich um einen Kater handelte, doch eine Freundin von mir identifizierte das Geschlecht des Tieres später durch bloßes Beobachten. Ich schenkte ihren Worten Glauben und hinterfragte ihre Expertise nicht mehr. An diesem Abend sah ich das Tier jedoch zum ersten Mal, es war mir bisher gänzlich unbekannt. Da mein Interesse an Katzen noch ziemlich gegen Null tendierte, ging ich wortlos an dem Tier vorbei in Richtung Wohnungstür. Ein Streuner hat sich hierher verirrt, na und? So etwas passiert, es ist nichts Besonderes. Nun begann der Kater melodisch zu miauen.

Direkt vor der Eingangstür zum Wohnblock blieb ich stehen und blickte mich noch einmal um. Das Tier schlenderte langsamen Schrittes auf mich zu. Nach einigen Sekunden blieb es stehen und setzte sich erneut nur wenige Meter von mir entfernt auf den Boden. Der Kater gab weiterhin rhythmische Laute von sich. Er schien eindeutig um Aufmerksamkeit zu betteln. Vermutlich wollte er nur etwas zu essen haben. Katzen sind doch alle gleich. Sie sind auf ihren eigenen Vorteil aus, mehr nicht.

«Hau ab, ich hab nichts für dich», blaffte ich ihn an.

Daraufhin öffnete ich die Tür und stieg die Stufen zu meiner Wohnung empor, immer noch verfolgt von vereinzeltem Maunzen. Ich habe an diesem Tag natürlich gedacht, dass ich das Tier nie wiedersehen werde, es sich um ein einmaliges Ereignis gehandelt habe. Schließlich war es einfach nur ein streunendes Tier, unsere Begegnung ein Zufall. Doch ich sollte mich irren, denn der Kater hatte andere Pläne.

***

Das Fellknäuel war hartnäckig, das musste ich ihm lassen. In den zwei Wochen nach unserer ersten Begegnung bekam ich das Tier beinahe täglich zu Gesicht. Meist sah ich ihn, wenn ich nach der Arbeit nach Hause kam, aber auch zu späterer Stunde, wenn ich noch Freunde besucht oder Fußballtraining hatte, drehte das Tier seine Runden in der unmittelbaren Umgebung meiner Wohnung. Er war auch kaum zu überhören, denn wann immer er in der Nähe war, kündigte er sein Kommen mit lautem Miauen an. Ich habe noch nie einen Kater angetroffen, der so permanent Gebrauch von der Fähigkeit gemacht hat, entsprechende Laute von sich zu geben. Dieser Kater hielt einfach nie seine Klappe. Er war ein regelrechtes Plappermaul. Manchmal hörte ich ihn selbst noch in der Nacht, wenn ich das Fenster im Schlafzimmer geöffnet ließ. Das Tier hatte wirklich Nerven. Ich muss jedoch gestehen, dass es keine unangenehmen Laute waren, das Miauen war weder schrill noch übertrieben laut, eher gleichmäßig, melodisch, als würde er eine Geschichte erzählen oder von seinem Tag berichten. Vielleicht redete er auch nur über das Wetter, das weiß ich natürlich nicht genau. Einer meiner Nachbarn musste sich dennoch an dem Lärm gestört haben, denn mitten in der Nacht schallte es aus einem der Fenster des Wohnblockes:

«Halt endlich mal die Fresse da draußen, ich will pennen!»

Puh, das war deutlich, dachte ich mir. Und als der Kater dann völlig unaufgeregt weiter vor sich hin miaute, konnte ich mir ein Grinsen nicht verkneifen.

Der Moment, wo ich mich das erste Mal etwas intensiver mit dem Tier beschäftigt hatte, fand etwa gegen Mitte März statt. Allerdings muss ich vorneweg meine Stimmung genauer beschreiben, denn ich fand mich in einem Zustand äußerster Heiterkeit und Sorglosigkeit wieder, man könnte auch von Naivität sprechen. Ich war angetrunken. Nicht allzu stark, ich konnte ohne Probleme von der Kneipe nach Hause laufen, aber dennoch betrunken. Die Nacht selbst war mild und sternenklar. Ich genoss die frische Luft und freute mich schon auf mein Bett, als ich kurz vor der Wohnungstür erneut Geräusche wahrnahm. Dieses Mal kam er nicht auf mich zugelaufen, nein, er war schon da. Der Kater saß direkt auf dem Absatz zur Eingangstür, das schwache Licht der Außenlampe reflektierte sich in seinen dunklen Knopfaugen. Er begrüßte mich mit seinem typischen Maunzen.

«Hast du eigentlich kein Zuhause?», fragte ich den Kater.

Ich sprach mit leichter Belustigung in der Stimme. Er legte seinen Kopf schief und sah mich an.

«Du kriegst von mir nichts zu essen, dann werde ich dich ja niemals wieder los. Damit fang ich gar nicht erst an.»

Das Tier antwortete mit einem Maunzen. Eine andere Antwort wäre für einen Kater auch höchst seltsam gewesen. Es mag am Alkohol liegen und daran, dass meine Denkprozosse in dieser Nacht etwas länger brauchten, aber als ich mir gerade die Frage stellte, warum ich hier eigentlich um vier Uhr morgens an der Haustür stand und mit einem Streuner redete, nutzte der Kater meine Bewegungsunfähigkeit aus und kam auf mich zu. Ehe ich mich versah, streifte er mehrmals meine Beine und machte genüsslich einen Buckel. Die plötzliche Zutraulichkeit überraschte mich dann doch, aber wundersamerweise zauberte sie mir ein Lächeln ins Gesicht. Ich hätte einfach in meine Wohnung gehen können, aber ich tat es nicht. Im Gegenteil, ich setzte mich zu dem Tier auf den Boden. Wäre ich nüchtern gewesen, so hätte ich vielleicht mehr Vorsicht walten lassen. Ich habe schon einige Katzen erlebt, die zunächst einen auf süßes Kätzchen gemacht haben, um dann eiskalt ihre Krallen auszufahren. Doch nicht so dieser Kater. Ich legte vorsichtig eine Hand auf sein Fell und begann ihn zu streicheln. Er ließ es zu, es schien ihm zu gefallen. Und sonderbarerweise gefiel es mir auch. Ich spürte Wärme in mir aufsteigen, und nein, das lag nicht am Alkohol, da bin ich mir ziemlich sicher. Die Berührung dieses Katers löste etwas Vertrautes in mir aus, ein Gefühl von Geborgenheit. Von einem Moment auf den anderen war alles anders. Ich saß noch einige Zeit dort, am Horizont ging bereits langsam die Sonne auf. Rückblickend war dies wohl der Wendepunkt, denn ab diesem Zeitpunkt war der Kater nicht nur irgendein Streuner für mich. Ich glaube in diesem Moment haben wir Freundschaft geschlossen.

**

In den kommenden Wochen und Monaten grummelte ich nicht mehr griesgrämig vor mich hin, wenn mir der Kater entgegen kam. Nein, ich freute mich auf die Besuche von Mr. Buttons. Ja genau, Mr. Buttons, so habe ich das Tier seit unserer magischen Nacht fortan genannt. Ich habe keine Ahnung, warum ich ausgerechnet auf diesen Namen gekommen bin. Irgendwann hatte ich ihn mal aufgeschnappt und ich fand, dass er ausgezeichnet zu meinem neuen, pelzigen Freund passte. Er war neugierig, verspielt, ein Schelm und hatte, wie ich mit der Zeit feststellen musste, auch allerhand Unsinn im Kopf. Es passte einfach, wenn mich Freunde besuchten und etwas verwirrt fragten, was es denn bitte mit diesem Kater auf sich hatte, der sie vor dem Gebäude die ganze Zeit angestarrt und angemaunzt hatte, und ich lapidar antworten konnte:

«Ach, das ist nur Mr. Buttons, der ist cool.»

Natürlich war er nicht immer da, denn er war mit Sicherheit ein vielbeschäftigter Kater, doch mindestens jeden zweiten Tag bekam ich ihn zu Gesicht. Ich glaube, dass mich einige meiner Nachbarn etwas komisch angeguckt haben, wenn sie mich dabei erwischten, wie ich dem Tier von meinem Tag berichtete, aber das war mir egal. Mr. Buttons erzählte selbst eine ganze Menge, da musste ich doch zumindest ein klein wenig mithalten. Meine Sorge, dass er mit der Zeit das Interesse an mir verlieren könnte, weil ich ihm kein Futter gab, war glücklicherweise vollkommen unbegründet. Tatsächlich schien Mr. Buttons meine Gesellschaft genauso zu genießen wie ich die seine. An manchen Tagen setzte ich mich auch einfach zu ihm auf den Boden und beschäftigte mich etwas länger mit ihm. Diese Momente waren wirklich schön, eine bessere Beschreibung fällt mir nicht dazu ein. Denn wenn ich den Kater berührte, ihm den Nacken kraulte und er damit begann zu schnurren, dann war ich für eine kurze Zeit in einer anderen Welt, ohne Ängste und Sorgen. Ich war wirklich einmal im Hier und Jetzt, genoss den Moment, eine

Eigenschaft, die mir oft sehr schwer fällt. Erst mit Mr. Buttons ist mir wieder bewusst geworden, was für eine heilende und belebende Wirkung Tiere auf den Menschen haben können.

Natürlich war auch ich dem Schabernack nicht abgeneigt, was dazu führte, dass ich mit meiner Smartphonekamera Selfies von mir und Mr. Buttons aufnahm. Dies war zu meinem Bedauern nicht ganz einfach, denn wenn er bei einer Sache Schwierigkeiten hatte, dann war es, still sitzen zu bleiben. Der Kater war nicht das geborene Model, so viel stand mal fest. Vielleicht habe ich einige meiner Freunde auch zu viel mit diversen Fotos und Videos von Mr. Buttons genervt, insbesondere diejenigen von ihnen, die selbst Tiere hatten. Aber naja, für mich war es schon etwas Besonderes. Ich konnte mir nach einer Weile überhaupt nicht mehr vorstellen, ohne Mr. Buttons auskommen zu müssen. Er gehörte irgendwie schon zu meinem Leben dazu. Natürlich war mir bewusst, dass dieser Tag irgendwann kommen würde, aber ich hoffte, dass dieser noch in der fernen Zukunft lag.

***

Was die Geschichten über meinen neuen Freund jedoch am interessantesten machten, ist die Tatsache, dass dieser wirklich immer für eine Überraschung gut war. Ich hatte bereits erwähnt, dass er überaus neugierig war, doch weil er zudem anscheinend keine wirkliche Furcht verspürte, beziehungsweise seine Neugier dann doch immer überwog, ging er vermutlich weiter, als sich so manch andere Katze getraut hätte. Zudem musste ich wirklich zu jeder Tag- und Nachtzeit damit rechnen, dass Mr. Buttons plötzlich laut maunzend um die Ecke kam.

An einem warmen Sommerabend kam ich erst sehr spät nach Hause. Ich hatte an diesem Tag an einem Staffellauf teilgenommen. Ich war wohl erst gegen zweiundzwanzig Uhr zu Hause, war zudem todmüde und komplett erschöpft. Eigentlich hätte mir auch klar sein müssen, dass es ziemlich hart werden würde, elf Kilometer bei knapp 27 Grad bergauf zu laufen, nachdem man in der vorigen Nacht bis vier Uhr morgens gefeiert und gesoffen hat. Am Ende ist man eben immer schlauer, das hat schon meine Mutter gesagt. Da duschen vor Ort nicht möglich gewesen war, konnte ich den trockenen Schweiß noch immer am Körper spüren. Perfekt gerochen habe ich in diesem Moment vermutlich keineswegs.

Mr. Buttons wartete zu dieser Zeit natürlich wieder vor der Tür und ihm schien mein Erscheinungs- und Geruchsbild überhaupt nichts auszumachen. Ich hatte sogar irgendwie das Gefühl, er war heute noch mehr auf Körperkontakt aus.

Nachdem er meine stinkenden Socken ausgiebig beschnuppert hatte, wandte er sich neugierig der Sporttasche zu, die ich auf den Boden abgestellt hatte.

«Da ist nur dreckige Wäsche drin. Ich glaube, das ist uninteressant für dich.»

Doch die Worte «dreckige Wäsche» schienen ihn nicht abzuschrecken. Im Gegenteil, er beschäftigte sich noch intensiver mit der Tasche, inspizierte sie aus jedem erdenklichen Winkel.

«Na gut, ausnahmsweise», seufzte ich und öffnete die Tasche für ihn, damit er sich auch deren Inhalt ansehen konnte.

Ich bemerkte meinen Fehler zu spät, denn mit einem Satz hüpfte Mr. Buttons in die Tasche und begann es sich darin bequem zu machen.

«Hey», begann ich zu protestieren, «so geht das nicht.»

Und so entschied ich mich dafür, mit dem Duschen und Schlafen noch etwas zu warten, und sah mir vor meiner Wohnung zusammen mit einem fremden Kater, der in einer Sporttasche mit schweißdurchnässten Klamotten saß, den Sonnenuntergang an. Ich konnte mir in diesem Moment nichts Romantischeres vorstellen.

***

Ich habe Mr. Buttons eigentlich immer vor meiner Wohnung angetroffen, mit einer Ausnahme. Nur einige hundert Meter entfernt befindet sich eine Schule mit einem großen Außengelände. Etwa gegen Ende August habe ich hier mit einigen Freunden Volleyball auf einem der dortigen Sandplätze gespielt. Es war ein warmer Abend, der Sommer sollte sich bald dem Ende entgegen neigen, doch an diesem Tag war davon noch nichts zu spüren. Normalerweise hätte ich das Volleyballspiel auch gar nicht erwähnt, denn in dieser Geschichte geht es ja schließlich um Mr. Buttons. Doch genau deswegen kann ich den Abend in meiner Erzählung nicht auslassen, denn als wir eine kurze Trinkpause einlegten, zeigte einer meiner Freunde auf eine kleine Anhöhe in der Nähe und sagte etwas verblüfft:

«Guckt mal, da sitzt ´ne Katze.»

Ich hätte seinem Finger gar nicht folgen müssen, denn ich war mir irgendwie ziemlich sicher, um wen es sich handelte. Ich wurde nicht enttäuscht, denn natürlich war es Mr. Buttons, der uns auf den Hinterpfoten sitzend beobachtete. Vermutlich saß er schon seit längerer Zeit dort. Kurzerhand erzählte ich meinen Freunden von ihm. Eine Freundin meinte daraufhin scherzhaft, dass mich der Kater anscheinend verfolgen würde und ich mich in Acht nehmen müsse. Ich lachte, aber mit dem

Verfolgen hatte sie mit Sicherheit nicht ganz unrecht. Ich kann mir gut vorstellen, dass Mr. Buttons mich auf dem Weg zum Schulgelände gesehen hat und mir einfach hinterher gelaufen ist. Über die gesamte weitere Stunde, die ich noch mit meinen Freunden verbrachte, blieb er dort, näherte sich uns jedoch nicht weiter. Wahrscheinlich hatte er vor den vielen Menschen dann doch etwas Respekt und sah sich das Spiel wie ein Zuschauer auf einer Tribüne von oben an.

Als ich mich von meinen Freunden verabschiedete und den kurzen Heimweg antrat, sah ich, dass die Anhöhe nun leer war. Mr. Buttons war verschwunden. Seine Abwesenheit hielt jedoch nur kurz an, denn bereits einige Sekunden später tauchte er auf und trabte gemütlich hinter mir her. Er begleitete mich bis nach Hause, wo er sich seine Streicheleinheiten abholte. Das Tier hatte anscheinend wirklich einen Narren an mir gefressen. Warum ausgerechnet ich? Ehrlich gesagt, kann ich diese Frage bis heute nicht beantworten.

***

Die Monate zogen ins Land und es wurde langsam etwas kälter. Der Sommer war vorübergezogen, aber den Besuchen von Mr. Buttons tat dies keinen Abbruch. Von der folgenden Situation erzähle ich nicht ganz ohne Stolz, denn hier habe ich meinen neuen Freund tatsächlich aus einer misslichen Lage gerettet. An einem Sonntag im Oktober fuhr ich morgens mit dem Fahrrad zum Sport. Beim Gang über die Auffahrt sah ich, wie einer meiner Nachbarn gerade die Reifen an seinem Auto wechselte. Mr. Buttons war in diesem Moment nicht zugegen, sodass ich tatsächlich einmal nicht vor der Fahrradgarage von seinem Gemaunze abgelenkt wurde. Als ich etwa zwei Stunden später wieder nach Hause kam, ging ich noch kurz Richtung Keller. Jede Mietpartei hat dort eine kleine Parzelle, um Dinge (Sachen, Zeug, nennen Sie es, wie Sie wollen) lagern und verstauen zu können. Der Keller befindet sich durch eine kleine Treppe verbunden an der Außenseite des Hauses. Als ich die Stufen langsam hinunterging, hörte ich ein bekanntes Geräusch. Irgendjemand miaute. Irgendjemand? Eine Katze natürlich, was sonst! Doch es klang gedämpft. Verwundert blieb ich an dem Kellerfenster stehen. Nun hörte ich es deutlicher. Die Geräusche waren direkt hinter der Scheibe zu entnehmen. Da diese blickdicht war, konnte ich nicht erkennen, was sich dahinter befand, aber mir war ohnehin schon klar, wer für die Geräusche verantwortlich war. Ich öffnete die Tür und schlagartig wurde das Maunzen klarer. Ich fand ihn in einem Nebenraum direkt vor dem Fenster. Mr. Buttons. Dort saß er auf dem Fensterbrett und sah mich an.

«Was machst du denn hier?», fragte ich ihn.

Als Antwort bekam ich ein «Miau».

«Naja. Los, komm mit, ich bring dich raus.»

Und wie aufs Stichwort sprang er vom Fensterbrett und trottete mir hinterher. Ich öffnete ihm die Tür nach draußen und er schlüpfte an mir vorbei in die Freiheit. Er drehte den Kopf nach hinten und blickte mich fragend an.

«Ich komm gleich, hole nur meinen Koffer», gab ich ihm noch zu verstehen.

Während ich zu meiner Parzelle ging, fragte ich mich, wie zum Teufel Mr. Buttons hier reingekommen war, da erinnerte ich mich an meinen Nachbarn, der am Morgen seine Reifen gewechselt hatte. Vermutlich hatte sich Mr. Buttons an diesem vorbei in den Keller geschlichen, als mein Nachbar seine Winterreifen heraufgeholt hatte. Typisch Mr. Buttons, dachte ich mir. Mal wieder zu neugierig gewesen und sich in Schwierigkeiten gebracht. Als ich den Keller mitsamt meines Koffers wieder verließ, stellte ich fest, dass Mr. Buttons auf mich gewartet hatte. Gemeinsam gingen wir die Stufen der Kellertreppe empor. Wieder begann er zu maunzen. Was er genau erzählte, weiß ich nicht, aber ich hoffe, er hat sich zumindest bei mir bedankt.

***

Jede Geschichte, und sei es auch die Schönste, findet irgendwann ein Ende. Auch in diesem Fall, wie ich mit Bedauern mitteilen muss. Ende November wurde es langsam kalt. Ich hatte mich sowieso immer gefragt, ob Mr. Buttons überhaupt noch bei seinem eigentlichen Zuhause vorbeischaut, weil er gefühlt zu jeder Tages- und Nachtzeit in meiner Gegend war. Nun gut, vielleicht übertreibe ich auch etwas damit, aber die Besitzer von Mr. Buttons haben wohl auch gemerkt, dass ihr Haustier ziemlich häufig an meinem Wohnblock auftaucht. Denn eines Tages stand dort ein kleines Häuschen in einer der Ecken. Ich weiß nicht, wer das Häuschen dort hingestellt hat, aber Mr. Buttons suchte es ziemlich häufig auf, ab und an übernachtete er dort sogar. Etwas später teilte mir eine Nachbarin zufällig mit, dass sie die Besitzerin von Mr. Buttons kenne. Da sie den Kater ebenfalls häufig bei uns gesehen hatte, erzählte sie ihrer Freundin davon, die daraufhin anscheinend das kleine Katerhaus bei uns deponierte.

Ich weiß noch, dass ich mir einmal wirklich Sorgen um das kleine Pelzknäuel gemacht hatte, weil ich ihn morgens mit dem Hintern aus dem Häuschen schauend ziemlich reglos vorgefunden hatte.

«Hey, alles klar mit dir?», fragte ich und stupste ihm vorsichtig aufs Hinterteil.

Doch meine Bedenken wurden umgehend zerstreut, denn Mr. Buttons machte sich daraufhin an, das Häuschen umständlich rückwärtsgehend zu verlassen, sich danach ausgiebig zu strecken und genüsslich zu gähnen. Gemaunzt hat er in dieser Situation tatsächlich einmal nicht, vermutlich war er noch zu verschlafen. Nachdem er sich einige Male schüttelte, hatte er es dann doch sehr eilig zu verschwinden. Seine Freundschaft zu mir hin oder her, vermutlich brauchte er einfach sein Frühstück und er lief nach Hause.

Das Ende der Geschichte kam zu meinem Bedauern dann sehr plötzlich. Denn von einem Tag auf den anderen kam Mr. Buttons nicht mehr. Es hatte sich nicht angedeutet. Weder wurden seine Besuche mit der Zeit immer weniger oder die Abstände zwischen den einzelnen größer, noch fiel mir irgendetwas an ihm auf. Er war der Mr. Buttons, den ich einst kennengelernt habe. Süß, verspielt, flauschig, neugierig und auch etwas bekloppt. Also sehr gut mit mir vergleichbar.

Ich weiß bis heute nicht, was mit ihm passiert ist. Die Nachbarin, welche seine Besitzerin kannte, zog kurz vor seinem Verschwinden aus und so konnte ich sie nicht nach dem Kater fragen. Sein kleines Häuschen stand noch bis etwas Mitte Februar dort, dann war es plötzlich verschwunden. Ich hoffe, dass ihm nichts passiert ist. Aber wenn ich ehrlich bin, glaube ich, dass es ihm weiterhin gut geht. Vermutlich sind seine Besitzer umgezogen und der Weg zu mir ist ihm einfach zu weit oder sogar unmöglich geworden. Er hat mich nicht im Stich gelassen, das würde ich ihm nie vorwerfen. Vermutlich ist er jetzt gerade irgendwo da draußen und treibt seinen Unsinn, geht jemand anderem mit seinem dauerhaften Gemaunze auf die Nerven, treibt sich in fremden Kellern herum, schaut sich Volleyballspiele an oder sitzt in stinkenden Sporttaschen. Ihm fällt sicherlich etwas ein, damit ihm nicht langweilig wird.

Mittlerweile sind über drei Jahre vergangen, seitdem ich Mr. Buttons zum letzten Mal gesehen habe. Aber es kommt mir vor wie gestern, dass ich ein Maunzen höre und sein buschiger Kopf um die Hausecke lugt. Natürlich vermisse ich ihn und bin traurig, dass er mich nicht mehr besucht. Würde ich etwas anderes behaupten, entspräche es nicht der Wahrheit. Im letzten Jahr habe ich direkt über meinem Schreibtisch eine Fotowand erstellt. Dort hängen mehrere Bilder von meinen Freunden und mir. Sie zeigen diese und mich in verschiedenen Situationen, bei schönen Ereignissen, bei etwas, was mir Freude gemacht hat. Wenn es mir mal schlecht geht, schaue ich mir diese Bilder an und sie zeigen mir, dass die Welt und das Leben schön sind. Ein Bild zeigt mich und Mr. Buttons. Es ist eines der Selfies, die ich im Sommer von uns aufgenommen habe. Wann immer ich dieses Bild sehe, muss ich an ihn denken und die Erinnerung zaubert mir jedes Mal ein Lächeln ins Gesicht. Und ja, ich muss gestehen, mittlerweile mag ich Katzen.

Felix blickte stur geradeaus. Während er schnellen Schrittes den Weg entlang ging, trommelte er mit den Fingern der rechten Hand zum Takt der Musik. Aus den kleinen Stöpseln in seinen Ohren dröhnte ein treibender Sound, der ihn von seiner Außenwelt abschirmte, von allem isolierte. Er wollte nichts anderes hören. Nicht den Lärm des Verkehrs, nicht die Rufe der Menschen, nicht einmal das Zwitschern der Vögel an diesem warmen Sommerabend. Und so beschritt er den gewohnten Heimweg, dessen Verlauf sich in seinem Kopf eingebrannt hatte. Jeden Tag die gleiche Strecke, völlige Routine, monoton. An der kleinen Kreuzung blieb er stehen. Die Ampel zeigte für die Fußgänger Rot. Nur wenige Autos fuhren an ihm vorbei. Er beachtete sie kaum. Während er wartete, fiel sein Blick auf die andere Straßenseite. Ein älterer Mann stand dort auf einer der Auffahrten und hantierte mit einem Besen herum. Die gleichmäßigen, rhythmischen Bewegungen des Mannes wirkten einstudiert, er vollführte sie wie in Trance, mit einer traumwandlerischen Sicherheit. Felix beobachtete ihn. Noch immer zeigte die Ampel für ihn das kleine rote Männchen an. Und das bereits für eine merkwürdig lange Zeit, als würden die Uhren in diesem Moment langsamer laufen. Felix hatte diesen Mann schon häufiger gesehen. Nicht jeden Tag, auch nicht jede Woche, aber zumindest einmal im Monat. Und doch wusste er nichts von ihm, ein fremder Mann, ein alter Mann, der ab und zu seine Auffahrt fegt. Gänzlich unscheinbar, unbedeutend.

Es geschah im selben Augenblick. In dem Moment, als die Anzeige der Ampel auf Grün sprang, Felix sich in Bewegung setzte, als er dieses kleine Zucken bemerkte. Es war nur kurz da, lediglich den Bruchteil einer Sekunde, aber es war da. Als die gleichmäßigen Bewegungen des alten Mannes kurz stockten, der Rhythmus unterbrochen wurde. Dann fiel er um. Felix glaubte, den dumpfen Aufschlag des Körpers auf den harten Boden zu hören, selbst durch die Musik hindurch, die noch immer durch seine Gehörgänge drang. Für kurze Zeit blieb Felix mitten auf der Straße stehen, wie versteinert, betäubt, aus der Realität gerissen. Danach Chaos.

Sein Herz pochte immer schneller in seiner Brust, als er den am Boden liegenden Mann erreichte. Es war, als wäre alles andere ausgeblendet, sein Fokus nur auf diesen Moment gerichtet, seine Sinne geschärft. Er ließ sich zu Boden fallen, griff an die Schulter des Mannes, erst vorsichtig, dann immer fester. Keine Regung, nichts. Instinktiv, ohne darüber nachzudenken, schrie Felix. Es war nur ein einziges Wort: «Hilfe.»

Er versuchte auf sich aufmerksam zu machen, nicht allein zu sein. Vorsichtig rollte er den leblosen Körper auf den Rücken. An der Stirn des Mannes entdeckte er etwas Blut. Eine Schürfwunde, die er sich beim ungebremsten Aufprall zugefügt hatte. Felix fühlte den Puls. Mit zitternden Händen versuchte er etwas zu spüren, aber er nahm nichts wahr. Seine eigene Panik stieg an. Der Mann atmete nicht mehr. Im gleichen Moment hörte er das Aufschlagen einer Tür, schnelle Schritte, die sich ihm näherten.

«Oh mein Gott, was ist passiert?» Die Frau schrie. Mit weit aufgerissenen Augen stand sie nur wenige Meter von Felix entfernt und starrte den leblosen Körper an.

«Rufen Sie einen Krankenwagen, sofort!» Felix machte sich keine Mühe, zu beschreiben, was geschehen war. Der Mann brauchte Hilfe, er selbst brauchte Hilfe. In diesem Moment war das Gefühl plötzlich wieder da. Überforderung. Die Frau rührte sich zunächst nicht. Dann begann sie zu schluchzen, welches nahtlos ins Weinen überging.

«Rufen Sie einen Krankenwagen, verdammt!»
Sie anzuschreien war nicht seine Absicht, aber Felix
reagierte nur noch, wurde von seiner Panik gelei-
tet.

«Ich rufe einen.» Er hörte eine Stimme hinter
sich. Sie klang leise, aber kontrolliert. Felix drehte
sich nicht zu ihr um. Seine Augen waren jetzt stur
auf den Mann vor ihm gerichtet. Er atmete tief
durch. Er musste etwas tun, irgendwas. Und dann
war er wieder da, dieser mechanische Automatis-
mus in ihm, der seinen Körper lenkte, alles wie von
selbst ablaufen ließ. Er presste seinen Mund auf die
Lippen des Mannes und ließ die Luft seiner Lungen in die des anderen übergehen. Er setzte seine
Hände auf dem Brustkorb auf und begann mit aller
Kraft zu drücken. Und dann wiederholte er das
Ganze. Wieder und wieder. Immer weiter, immer
weiter.

«Ist er tot?» Er hörte eine weitere Stimme hinter
sich, die ihm unbekannt war. Ängstlich. Felix antwortete nicht. Er machte einfach weiter, begleitet
vom hysterischen Schluchzen der Frau, die mittlerweile auf und ab lief. Nach wenigen Minuten, die
Felix wie eine Ewigkeit vorkamen, fühlte er erneut
den Puls des Mannes. Nichts. Gar nichts. Felix war
wie betäubt, ihm wurde schwummrig, doch
machte er weiter. Er hörte nicht auf.

Eine Hand fasste ihn fest an die Schulter. »Gehen Sie zur Seite, wir übernehmen.»

Mit sanfter Gewalt wurde Felix zur Seite gestoßen. Erst wollte er sich wehren, um seine Aufgabe hier weiterzuführen, denn sie war noch nicht beendet, noch nicht erfüllt. Dann sah er die rot-weißen Westen. Zwei Sanitäter beugten sich über den leblosen Körper.

«Was ist passiert?» Eine weitere Rettungssanitäterin kam zu ihnen.

«Er ist umgefallen, einfach umgefallen.» Felix war gar nicht bewusst, wie er diese Worte aussprach, sie flossen aus ihm heraus und er ließ es geschehen. «Er hat die Auffahrt gefegt. Da kippte er einfach um. Er hat keinen Puls mehr gehabt, hat nicht geatmet, da habe ich versucht…»

«Ok, alles klar.» Die Frau wandte sich wieder von ihm ab und ging zu ihren Kollegen.

Felix setzte sich auf den Boden. Erst jetzt bemerkte er, dass sich noch immer ein Stöpsel seiner Kopfhörer in seinem Ohr befand. Die Musik war die ganze Zeit unaufhaltsam weitergelaufen, hatte sich nicht aus dem Rhythmus bringen lassen. Felix nahm die Welt um sich herum nur in Bruchstücken wahr. Er hörte die schluchzende Frau, Menschen redeten miteinander, der Körper des

Mannes, welcher mit einer Trage in den Krankenwagen verfrachtet wurde. All dies geschah ohne
sein Zutun. Er steckte sich den anderen Kopfhörer
wieder ins Ohr, schloss die Augen und atmete tief
ein. Jetzt war die Welt wieder in Ordnung.

«Was ist denn los? Gefalle ich dir etwa nicht?» Sie blickte ihn mit trauriger Miene an. Er sah sie vor sich liegen, nackt und wunderschön. Ihre wallende rote Mähne auf dem Kissen, ihr straffer, fester Körper auf dem Laken. Er berührte ihre zarten Brüste, ließ seine Hand an ihrer Hüfte hinabgleiten.

«Ich…», zögerte er. «Es tut mir leid, es liegt nicht an dir, du bist total heiß, es… es ist… es sind...»

Er fand keine Worte, blickte mit versteinerter Miene an sich herab und schaute beschämt zu ihr. Er konnte ihr die Enttäuschung ansehen. Sie war traurig und es war seine Schuld. Er war verliebt, begehrte sie, aber konnte es ihr nicht zeigen. Nicht auf diese Weise.

Sie hatten sich vor vier Wochen kennengelernt. Bei Freunden, ganz ungezwungen. Er erkundigte sich, ob sie vergeben sei. Nein, sei sie nicht. Auch sie hätte wohl nach ihm gefragt. Er hatte sich darüber gefreut, war wie ein kleiner Junge ganz aufgeregt. Sie schrieben lange Texte bis spät in die Nacht hinein. Beim ersten Date gingen sie essen, redeten lange. Sie waren die letzten Gäste und wurden am Ende höflich gebeten zu gehen, da das Restaurant gleich schließen würde. Er hatte sie einige Male zum Lachen gebracht, es lag eine Spannung in der Luft. Sie trafen sich noch drei weitere Male. Er wollte sie noch besser kennenlernen. Sie gingen spazieren und zusammen ins Kino. Sie lehnte sich vorsichtig an ihn und er legte seinen Arm um sie. Es fühlte sich so schön an. Er fuhr sie an diesem Abend nach Hause. Mit einem Lächeln fragte sie, ob er mit nach oben kommen wolle. In diesem Moment überkam ihm bereits eine dunkle Vorahnung, eine Angst, dass er nicht genügen könne. Doch wollte er sich nicht von dieser leiten lassen, der Furcht trotzen.

In ihrer Wohnung angekommen, küsste sie ihn zärtlich. Sie sagte ihm, dass sie so froh sei, ihn getroffen zu haben, sie hätte so lange gesucht, nach ihm. Er streichelte ihren Rücken, langsam entledigten sie sich ihrer Kleidung. Sie wollte ihn und er wollte sie. Er konnte die Leidenschaft in ihren Augen erkennen. Die gleiche Leidenschaft, die auch ihn erfüllte. Zunächst dachte er, es sei alles normal, er war bis zum Äußersten erregt, ließ sich in den Moment fallen. Er tastete über ihren Körper, küsste sie wieder und wieder. Doch spürte er bald, dass etwas nicht stimmte, es sich auf irgendeine Weise nicht richtig anfühlte. Die Leidenschaft und Lust in seinem Kopf übertrug sich nicht auf seinen Körper.

Er konnte ihr nicht das bieten, was sie begehrte. So beugte er noch lange über ihr und versuchte sich der Situation zu stellen, es doch irgendwie zu bringen. Doch spürte er mehr und mehr eine Verzweiflung. Es ging einfach nicht, er hatte versagt, nichts konnte daran etwas ändern. Sie fing an zu weinen, Tränen kullerten ihre Wangen hinab. Er wusste nicht, was er sagen sollte. Sie stand auf und ging Richtung Bad. Sehnsüchtig schaute er ihr hinterher. Als sie zurückkam, saß er noch immer auf der Bettkante. Vorsichtig setzte sie sich zu ihm, nahm seine Hand. Er schämte sich.

«Es tut mir leid», sagte er leise. «Ich denke, ich sollte gehen.»

Sie antwortete nicht, saß nur da. Es war eine unangenehme Stille, drückend lag sie auf ihnen. Er erhob sich langsam, zog sich an und ging zur Tür. Sie ging ihm hinterher. Wollte sie etwas sagen? Falls ja, fand sie keine Worte, blieb stumm. Kein Kuss zum Abschied, keine Umarmung. Er öffnete die Tür und trat hinaus. Ihre Wohnung betrat er nie wieder.

David lief den kargen Flur entlang. Die Lichter der Deckenlampen spiegelten sich auf dem Linoleumboden wider, die weißen Wände waren kalt und steril. Vereinzelt standen einige Betten an den Seiten. Wie er diesen Ort hasste. Jedes Mal wenn er hierher kam, fühlte er sich so mutlos und verlassen. Als würde ihm die Kraft langsam ausgesaugt werden, seine ganze Lebendigkeit einfach dahinschwinden. Ein Schauer lief ihm den Rücken hinunter und er musste sich kurz schütteln, ehe er vorsichtig an die Tür mit der Aufschrift «Station 5.5» klopfte. Er konnte Stimmen vernehmen, ein Stuhl wurde über den Boden geschoben, danach das Geräusch trippelnder Schritte. Langsam wurde die Tür geöffnet und ein brauner Lockenkopf kam zum Vorschein. David war diesen Anblick bereits gewöhnt, zu oft hatte er ihn in der letzten Zeit gesehen.

«Hallo Herr Meyer.»

David nickte der Schwester zu. «Wie geht es ihm heute?»

«Körperlich unverändert, allerdings wirkt er heute sehr abwesend, ziemlich in sich gekehrt.

Vielleicht hilft es ihm ja, wenn er jemand Bekannten sieht.»

«Hmm, ja, vielleicht.» David hielt kurz inne. War dies ein Zeichen dafür, dass es langsam zu Ende ging? Dieser Moment, das Unumkehrbare, könnte es bald so weit sein?

«Herr Meyer?»

«Wie bitte? Entschuldigung, ich war gerade in Gedanken.» David richtete seinen Blick wieder auf die Schwester.

«Ich sagte, sie dürfen zu ihm. Es steht keine Visite mehr an, von daher haben Sie etwas Zeit.»

«Ok, vielen Dank.»

Er wandte sich von der Tür ab und ging weiter den Flur entlang. Sein Körper verkrampfte sich, seine Schritte waren behäbig und langsam. Als versuchte er es hinauszuzögern, das Ganze zu vermeiden. Doch er musste da durch. Für einen kurzen Moment hatte er Schuldgefühle, warum stellte er sich so an? Er war doch nicht derjenige, der sich zu beschweren hatte. Dafür hatte er keinen Grund. Aber es fiel ihm mit der Zeit immer schwerer, hierher zu kommen, er konnte nicht mehr. An diesem Ort gab es kein Leben, nur den Tod. Und je häufiger er sich in diese Welt hineinwagte, umso mehr verschlang sie ihn. Er wollte das alles nicht mehr sehen, es sollte endlich vorbei sein. Auch, wenn er wusste, was dies bedeuten würde.

«Zimmer 547» prangte auf dem Holz. David stand direkt vor der Tür. Er musste nur seine Hand ausstrecken und die Klinke herunterdrücken. Er zögerte. Alles in ihm schrie, dass er weglaufen müsse. Egal wohin, einfach nur weg. Er atmete tief durch, ließ die Stimmen in seinem Kopf nicht die Überhand gewinnen und öffnete die Tür. Die Luft im Raum war stickig und verbraucht. Es roch nach Desinfektionsmittel und irgendetwas anderem, was David nicht zuordnen konnte. Er wollte auch gar nicht wissen, was es war. Zu seiner Rechten standen zwei einzelne Betten, an denen wiederum mehrere Geräte angeschlossen waren. Die Zahlen und Buchstaben auf den Displays leuchteten hell. Vorsichtig ging David am ersten Bett vorbei, warf dabei einen zügigen Blick auf die dort liegende Person. Er erkannte einzelne graue Haare, faltige Haut an den Wangen. Die Lider waren geschlossen, der Atem ging ruhig und gleichmäßig. Aus dem zweiten Bett blickte ihm bereits eine Gestalt entgegen. Aus fahlen Augen, deren Ränder sich selbst in diesem schwachen Licht deutlich von der Umgebung abhoben. Die Wangenknochen waren über die Zeit deutlich eingefallen, die Haut blass, das Haar dünn. Die Zeit war nicht gut zu dieser Person gewesen. Es war David, als würde es jedes Mal schlimmer werden, was vermutlich daran lag, dass es tatsächlich so war. Die Krankheit hatte gewonnen und zelebrierte nun ihren unaufhaltsamen Siegeszug, bis zum bitteren Ende.

«Hallo», sagte David leise, dann setzte er sich ans Bett seines Bruders.

***

Jens hatte ihn vor einem halben Jahr angerufen. Es war um 19:17 Uhr gewesen, daran konnte sich David ganz genau erinnern. Er war gerade dabei, zu kochen, und hatte gar nicht ans Handy gehen wollen. Seine Begrüßung war kurz, als wollte er seinem Gegenüber gleich zu verstehen geben, dass er nicht viel Zeit habe.

Kurze Zeit später hatte er das Essen im Ofen völlig vergessen, er pulte später lediglich die schwarzen Reste aus der Auflaufform, Hunger hatte er ohnehin nicht mehr. Die Worte seines Bruders hörte er wie ein Echo in seinem Kopf widerhallen:

»Der Krebs ist schon weit fortgeschritten. Aber die Ärzte sagen, dass es noch eine Möglichkeit auf Heilung gibt.»

Jens war ganz ruhig, mechanisch hatte er die Worte ausgesprochen. Es war keine Traurigkeit in seiner Stimme. Sachlich berichtete er seinem Bruder die Diagnose. Als würde er lediglich über das

Wetter sprechen. Nur waren die Aussichten schlecht.

Und nun saß er hier, in diesem dunklen Zimmer von Station 5.5. Und im Bett neben ihm lag eine Gestalt, die ihn immer weniger an den Menschen erinnerte, den er all die Jahre gekannt hatte, mit dem er aufgewachsen war. Sie unterhielten sich schon seit einiger Zeit nicht mehr über die Krankheit, darüber waren sie schon längst hinaus. Sie gaben vor, sich damit abgefunden, es akzeptiert zu haben, aber tief in seinem Inneren wusste David, dass ihn dieser noch unbekannte Tag X mit ungebremster Härte treffen würde, als hätte er nie davon gewusst. Sie sprachen über Alltägliches, eigentlich völlig unwichtige Dinge. Doch nicht für Jens. Für ihn hatte es schon lange keinen Alltag mehr gegeben, keinen Tag voller Routinen. Aufstehen, zur Arbeit fahren, Mittag mit den Kollegen, Dienstag zum Sport, Freitag einkaufen, Samstag putzen. Nein, dies alles war für ihn in weiter Vergangenheit.

David merkte schnell, dass Jens sich heute anders verhielt. «In sich gekehrt», so hatte die Schwester es vorhin genannt. Er war noch stiller als ohnehin schon, er wirkte unkonzentriert, als würde ihn etwas beschäftigen.

David erzählte gerade von dem neuen Projekt bei der Arbeit, als Jens ihm plötzlich eine Frage stellte: «David, bitte sei ehrlich. War ich ein guter Mensch?»

David blickte seinen Bruder an: «Wie kommst du denn darauf?»

Nüchtern antwortete Jens: «Warum sollte ich nicht auf diese Frage kommen? Ich liege hier im Sterben, habe den ganzen Tag Zeit zu überlegen, mir gehen tausend Dinge durch den Kopf. Und seit Tagen ist es diese eine Frage.»

David schaute verlegen zu Boden. Natürlich hätte er sich denken können, dass sein Bruder sein Leben reflektiert. Darüber nachdenkt, was er für ein Leben gelebt hatte. So machen es doch auch die Menschen in Filmen oder Büchern. Nur war das hier kein Hollywoodstreifen. Es war das stinknormale Leben, ohne Farbfilter, ohne Rückspulfunktion.

«Natürlich warst du ein guter Mensch. Daran habe ich überhaupt keine Zweifel.»

«Ist das so?» Jens Augen waren nun auf die gegenüberliegende Wand gerichtet. «Ich bin mir da nicht so sicher.»

Und in diesem Moment konnte David eine Regung bei seinem Bruder spüren, der am heutigen Tage bislang so emotionslos geblieben war. Seine

Gesichtszüge schienen zu erschlaffen, es wirkte wie der Ansatz von Verzweiflung. Als David nicht antwortete, fuhr er fort:

«Was ist das eigentlich? Ein guter Mensch? Kann man das bemessen? Wer beurteilt einen dafür?»

«Ich glaube kaum, dass du es an einer Skala festlegen kannst», antwortete David, der seine Stimme wiedergefunden hatte. «Es gibt keine Checkliste, nach der man gehen kann.»

«Aber was dann? Wie weiß ich es dann, ob ich menschlich gehandelt habe?»

«Menschlich». Dieses Wort von Jens hallte in David nach. Er war nicht auf ein solches Gespräch vorbereitet. Machte sich sein Bruder Gedanken um sein Seelenheil nach dem Tod? David glaube nicht daran, dass ein Mensch nach seinem Tod an der Pforte zum Himmel stehen und anhand seiner Taten beurteilt würde. Himmel oder Hölle, schwarz oder weiß, so einfach ist das nicht. Nach allem, was er in den letzten Monaten gesehen hatte, wie sein Bruder immer weiter von der Krankheit aufgezehrt wurde, fragte er sich umso mehr, welcher Gott so etwas zulassen konnte. All das Leid. Doch er war hier, um seinem Bruder Trost zu spenden, für ihn da zu sein. Die letzte Zeit, die er noch hatte, mit ihm zu verbringen. David machte sich dessen wieder gegenwärtig, bevor er weitersprach.

«Für mich warst du ein guter Mensch. Und ich glaube, dass dies alle Menschen bestätigen werden, die dich kennen.»

«Was macht dich da so sicher?», fragte Jens. Seine Augen waren noch immer trüb, seine Stirn lag in Falten.

«Du hast doch so viel Gutes getan. Du warst immer für andere Menschen da, wenn sie Hilfe brauchten, hast nie gezögert. Das war privat so und selbst bei der Arbeit. Weißt du noch, die ganzen Diskussionen zwischen uns? Ich habe dir immer gesagt, dass du schon zu viel machst. Du warst immer der Nette, hast sogar Arbeit für andere übernommen, konntest so schlecht «Nein» sagen. Du warst sogar zu gutmütig, würde ich sagen, sozusagen ein zu guter Mensch.»

David lächelte seinem Bruder zu, hoffte ihn aufmuntern zu können. Doch das Gesicht von Jens blieb steinhart.

«Ein zu guter Mensch.» David erinnerte sich an die letzten Jahre, bevor Jens zu dieser Hülle geworden war. Er hatte ständig Überstunden gemacht. Wenn ein Kollege krank war oder Urlaub brauchte, dann war immer Jens zur Stelle gewesen. Er kam morgens als Erster, ging abends als Letzter. Er hatte seinem Bruder so oft gesagt, er solle auch mal an sich denken. Doch für diese Worte war er immer taub geblieben. Jens half Bekannten beim Umzug, die sich danach nie wieder bei ihm gemeldet haben, er erledigte Einkäufe für seine kranke Nachbarin, ging mit deren Hund spazieren, weil sonst niemand da war.

Als die Krankheit von Jens diagnostiziert wurde, waren sie alle schockiert gewesen, doch jemanden von seiner Arbeitsstelle hatte er hier nie gesehen. Zu Besuch kam keiner. Er würde nicht mehr wiederkommen, das wussten sie mittlerweile, ein Nachfolger für seine Stelle war bereits gefunden. Eine Nummer wurde ausgetauscht, nicht mehr, nicht weniger. Für den Menschen dahinter interessierte sich niemand.

David hatte oft darüber nachgedacht, dass sein Bruder gar nicht für sich, sondern viel mehr für andere gelebt hatte. Dass ihn dieses selbstlose Verhalten erst in die Krankheit geführt hatte. Er hatte immer mehr auf andere Acht gegeben als auf sich selbst. Ja, für ihn war Jens ein guter Mensch, vermutlich der menschlichste, den er je gekannt hatte. Er sah nochmals auf die Gestalt, die vor ihm im Bett lag. Ausgemergelt, gepeinigt, nur noch ein Schatten. Und dies war der Dank dafür.

«Und was, wenn ich dir sage», begann Jens, «dass ich all dies nicht für andere gemacht habe, sondern nur für mich selbst. Wenn ich die ganze Zeit egoistisch gehandelt habe, es mir immer nur um mich ging.»

David sah ihn ungläubig an. «Naja, ich würde sagen, dass dir die Medikamente deine Sinne vernebeln.» Er grinste, doch wieder konnte er seinem Bruder keine Regung entlocken.

«Nein, ich meine es ernst.» Eine einzige Träne kullerte die bleiche Wange herab. «All die Überstunden, die Hilfe, die ich anderen angeboten habe. Mir ist klar geworden, warum ich es gemacht habe. Es ging mir die ganze Zeit nur um Anerkennung. Ich wollte von anderen so gesehen werden, wie du mich jetzt beschreibst. Alle sollten auf mich zeigen und sagen, wie toll ich bin. Ich wollte immer der Beste sein, besser als meine Kollegen, besser als meine Freunde. Es ging mir nur um mein Ego, das wollte ich pushen.»

«Jens, du bist zu hart zu dir. Ich kann mir das nicht vorstellen, dass du…»

«Nein, es ist so», wurde David unterbrochen. Die Stimme seines Bruders, zu Beginn noch brüchig und schwach, bebte nun. «Hinter allem, was ich getan hatte, steckte nie die reine Absicht, für jemand anderen da zu sein. Das ist mir jetzt klar geworden. Es war immer damit verknüpft, etwas zurückzubekommen, und sei es nur Lob. Ich habe nie aus Liebe gehandelt. Ich weiß, du denkst, ich habe mich für andere aufgeopfert, so mag es nach außen hin scheinen, aber ich habe mich letztlich für mich selbst aufgeopfert. Ich bin kein guter Mensch. Nicht für mich selbst und erst recht nicht für andere.»

Was folgte, war eine lange Stille zwischen den Brüdern. David wusste nicht, was er sagen sollte. Er hatte nicht mit solchen Worten gerechnet. Diese Selbstabwertung in den Worten von Jens. Er konnte sie nicht verstehen. Sie wirkten so falsch, so ausgedacht. Er atmete noch einmal tief durch, bevor er antwortete.

«Ich weiß nicht, ob deine Worte wirklich wahr sind, ob du vielleicht einfach nur zu hart zu dir selbst bist. Und selbst, wenn du die Wahrheit gesprochen hast, wird sich für mich nichts ändern. Du magst vielleicht anders gedacht haben, aber dein Verhalten zeigt etwas gänzlich anderes. Du warst für Menschen da, du hast ihnen geholfen. Egal aus welchen Gründen, du hast gehandelt wie ein guter Mensch. Und genau das warst du, bist du und so werden wir dich in Erinnerung behalten. Ich werde das alles vermissen, werde dich vermissen.»

Und nun waren es Davids Tränen, die aus seinen Augen kullerten. Er drückte die Hand seines

Bruders, der zu ihm aufsah. Noch immer sah er gequält aus. «Ich habe dich lieb, kleiner Bruder.»

***

David stand jetzt allein im leeren Raum. Sie hatten nun alles daraus entfernt, was an ein Leben erinnerte. Keine Möbel standen mehr hier, die Bilder wurden von den Wänden abgehangen. Als hätte hier niemals jemand gelebt. Ihm wurde kalt, die Heizung funktionierte nicht. Er blickte sich ein letztes Mal um. In der Ecke stand ein einzelner Karton.

«Nur noch dieser eine, dann ist es vorbei», dachte er sich.

Langsam ging er darauf zu. Er konnte nicht anders, er musste ihn einfach nochmal öffnen, auch wenn ihm bewusst war, dass er das Leid auf diese Weise immer und immer wieder durchleben musste. Aber dann war es halt so. Er war noch nicht bereit, zu vergessen. Tränen liefen ihm über die Wangen, als er sich die Fotografien ansah. Vergangene Zeiten, in seiner Erinnerung schon verblasst. Für einen kurzen Moment blieb er einfach still sitzen. Aus der Ferne hörte er eine Stimme: «David, kommst du?»

Er räusperte sich, schluckte, sagte dann mit brüchiger Stimme: «Ja, gleich, nur noch einen Moment bitte.»

Er wusste nicht, ob er laut genug gesprochen hatte, er war mit seiner Aufmerksamkeit noch ganz bei den Erinnerungen, doch es meldete sich niemand mehr. Sie ließen ihn in Ruhe. Er griff erneut in den Karton und zog ein dickes Heft heraus, es schien eine Art Notizbuch zu sein. Es war ihm gänzlich unbekannt, er hatte es noch nicht gesehen. Vermutlich hatte jemand der anderen es gefunden. Es musste etwas Persönliches sein, sonst hätten sie es nicht in diesen Karton gelegt. David blätterte das Heft durch, es war eine Art Tagebuch. Es war mit Datumsangaben versehen. Ihm wurde bewusst, was er hier vor sich hatte. Er schlug willkürlich eine Seite auf und begann zu lesen.

«*Ich blicke in den Spiegel. Was sehe ich dort? Ich erkenne den Menschen nicht mehr wieder. Er hat sich in die falsche Richtung entwickelt. Ich sehe einen Mann, der anderen Menschen nichts mehr gönnt, selbst immer der Beste sein will. Der sich im ewigen Wettstreit befindet, mit sich selbst, mit allen anderen, mit der ganzen Welt. Es ging nie um andere Menschen, nie um Menschlichkeit, es ging immer nur um mich selbst. Dafür schäme ich mich. Ich bin ein Egoist. Glücklich konnte ich so nie werden. Meine Denkweise hat mich zerfressen, mich kaputt gemacht. Es tut mir leid. Es tut mir leid, dass ich es erst jetzt erkannt habe, wo alles zu spät ist.*»

David blieb eine Zeit regungslos sitzen. Er starrte auf die Wörter vor ihm, auf jeden einzelnen Buchstaben. Konnte sich nicht davon lösen, immer wieder ging er den Text durch.

Eine Stimme holte ihn wieder in die Gegenwart zurück: «David, ist echt nicht böse gemeint, aber wir müssen jetzt los.»

Er musste sich zusammenreißen, um das Heft endlich zuzuklappen und aufzustehen. Es kostete ihn all seine Überwindung. Er atmete tief durch.

«Ja, ich komme.» Er ließ das Heft zurück in den Karton fallen.

«Für mich warst du der beste Mensch, den ich je gekannt habe», flüstere er leise. Dann schloss er den Karton und das Heft verschwand vor seinen Augen.

Ihm war langweilig. Schon den ganzen Tag hatte er im Bett gelegen, war nicht in der Lage gewesen aufzustehen, irgendetwas Sinnvolles zu tun. Bill hasste es zu warten und genau dazu wurde er nun gezwungen. Eigentlich hätte er sich freuen sollen, die Operation war schließlich gut verlaufen. Der Arzt hatte es ihm mitgeteilt. Keine Komplikationen, alles würde optimal verheilen, wenn er denn etwas Geduld habe. Das war gestern gewesen. Seitdem redete mit Ausnahme der Schwester, die ihm das Frühstück und das Mittagessen gebracht hatte, niemand mehr mit ihm. Es sollten noch einige Untersuchungen durchgeführt werden, danach könnte er das Krankenhaus vielleicht schon verlassen. Bill hoffte, dass dies eher früher als später der Fall war. Die Tage in diesem sterilen, kargen Zimmer zu verbringen und die Decke anzustarren, ließ die Zeit elendig langsam voranschreiten. Er blickte kurz auf den Nachttisch neben seinem Bett. Es lagen dort einige Zeitschriften und Bücher, die ihm seine Freundin vorbeigebracht hatte, doch er hatte kein Interesse daran, sie zu lesen. Mit Besuch brauchte er heute wohl auch nicht mehr zu rechnen. Franziska musste länger arbeiten, das wusste er. Und da er eigentlich nur ein bis zwei Tage hier bleiben sollte, hatten sich auch keine Freunde angekündigt. Warum auch, er lag ja schließlich nicht im Sterben. Bill blickte auf die Uhr. Gleich 17:00 Uhr. Er seufzte.

Zehn Minuten später öffnete sich die Tür. Als erstes erkannte er die hünenhafte Rückseite eines Pflegers, der rückwärtsgehend das Zimmer betrat. Er zog ein weiteres Krankenhausbett hinein. An der Kopfseite sah Bill eine Schwester, die ihm bisher unbekannt war. Die zierliche Frau schob das Bett von der anderen Seite an. Bill richtete sich etwas auf, um besser sehen zu können. Im Bett selbst lag ein alter Mann, sichtbar waren lediglich sein Kopf und die Arme, der Rest war bedeckt mit einer weißen Decke. Sein Gesicht war übersät mit Falten, die Haare kaum vorhanden, die wenigen verbliebenen grau und dünn. Er war über den Arm an einen Tropf angeschlossen, zudem wurde sein Puls über einen Monitor überwacht. Die Lider des Mannes waren geschlossen, er schien zu schlafen. Die Schwester wandte sich kurz Bill zu.

«Hallo Herr Müller, wir kennen uns noch nicht. Ich bin Schwester Svetlana.»

«Hallo», antworte Bill knapp.

«Wie Sie sehen, bekommen Sie einen Zimmerkollegen.» Sie lächelte ihn freundlich an und offenbarte eine Reihe makellos aneinandergereihter Zähne.

«Ok, kein Problem.»

«Gut.» Svetlana nickte kurz dem Pfleger zu und sie machten sich auf, den Raum wieder zu verlassen.

«Entschuldigung, warten Sie kurz.» Plötzlich fiel es Bill wieder ein. Die Schwester drehte sich zu ihm um. »Äh, wissen Sie zufällig, ob ich heute noch untersucht werde oder mit einem Arzt sprechen kann? Heute ist nämlich überhaupt nichts passiert.» Bill war um einen freundlichen Tonfall bemüht, er wollte es nicht wie einen Vorwurf klingen lassen.

«Oh, das tut mir leid», antwortete Schwester Svetlana, «aber heute sind keine Untersuchungen oder Visiten mehr vorgesehen. Sie müssen sich wohl bis morgen gedulden.» Sie wandte sich wieder von ihm ab.

«Ok.» Bill sah, wie die Schwester die Tür hinter sich schloss, und ließ sich enttäuscht zurück ins Kissen sinken.

***

Sein Name war Oskar und er war achtundsiebzig Jahre alt. Sie hatten sich am gestrigen Abend unterhalten, kurz nach dem Abendessen, als Oskar seine Orientierung wiedergefunden hatte.

«Das Herz», hatte er Bill unaufgefordert den Grund seiner Aufnahme ins Krankenhaus mitgeteilt. «Das war nun schon meine zweite Operation. Die Ärzte meinen, das sei noch alles Routine, nichts, worüber man sich Sorgen machen müsse.»

Bill konnte sich des Eindruckes nicht erwehren, dass die Stimme des alten Mannes bei diesen Worten gequält wirkte. Ganz so, als würde er etwas bedauern. Bill ließ den Gedanken jedoch schnell wieder fallen. Vermutlich war Oskar einfach nur erschöpft von der Operation.

Mit dem alten Mann schien er jedenfalls einen angenehmen Zimmernachbarn bekommen zu haben. Mit ihm konnte er über banale Themen reden, seien es die Nachrichten, das Wetter oder ihre Interessen. Auch Oskar hatte nach eigener Aussage früher Fußball gespielt, worüber sie dann eine halbe Stunde lang sinnierten. Jedoch hatte er genau wie Bill ein Gespür dafür, wann eine andere Person seine Ruhe haben wollte, und so konnten sie auch für längere Zeit stillschweigend den Raum miteinander teilen.

Am nächsten Tag wurden dann endlich Bills geplante Untersuchungen durchgeführt, welche allesamt mit einem positiven Ergebnis endeten. Und so betrat er mit bester Laune gegen 11:00 Uhr mit Hilfe eines Pflegers wieder das Zimmer, um festzustellen, dass Oskar gerade Besuch hatte. Eine ältere Frau saß am Bett seines Zimmernachbarn. Oskar stellte sie Bill als seine Frau Helga vor. Sie grüßten sich kurz, dann legte sich Bill wieder in sein Bett. Er griff nach einer der Zeitschriften auf dem Nachttisch und versuchte zu lesen. Währenddessen setzten Oskar und Helga ihre Unterhaltung fort.

«Und ich soll dir wirklich nichts vorbeibringen?» Helgas Stimme klang sanft und mitfühlend.

«Nein, hab ich doch schon gesagt», antwortete Oskar schroff.

«Ok.» Aus den Augenwinkeln konnte Bill erkennen, wie Helga leicht den Kopf sinken ließ. Es folgte eine unangenehme Stille. Auch, wenn er verkrampft versuchte, sich auf den Artikel über die neuesten Wettskandale im Profisport zu konzentrieren, so konnte Bill die Atmosphäre im Raum spüren. Es war ihm unangenehm, dem Gespräch als stiller Zuhörer beizuwohnen. Kurze Zeit später erhob sich Helga vom Stuhl.

«Dann gehe ich jetzt?»

«Musst du doch wissen. Mir ist es gleich.» Kommentarlos verließ Helga den Raum. Bill war sich nicht sicher, aber er glaubte, eine Träne an ihrer Wange hinunterlaufen zu sehen. Als die Tür sanft ins Schloss fiel, nuschelte Oskar leise vor sich hin.

«Blöde Kuh.»

Er sprach Oskar für eine Weile nicht an, sie blieben stumm, jeder für sich. Bill versuchte weiter den Artikel zu lesen, doch er bekam die Situation, die sich soeben vor seinen Augen zugetragen hatte, nicht mehr aus dem Kopf.

***

«Ok, Herr Müller. Die Untersuchungen sind alle sehr gut verlaufen. Es spricht für mich nichts dagegen, wenn Sie noch am heutigen Tag entlassen werden.»

«Das ist super. Freut mich.»

Der Oberarzt nickte Bill freundlich zu. Er sah kurz auf das Blatt auf seinem Klemmbrett.

«Das wäre dann bei Ihnen soweit alles. Ich wünsche Ihnen auf jeden Fall weiterhin alles Gute.»

«Danke, das wünsche ich Ihnen auch.»

Der Oberarzt wandte sich von ihm ab und ließ einen zufriedenen Patienten zurück.

«Das war wirklich gut gelaufen», dachte sich Bill. Er hatte befürchtet, dass er vielleicht doch noch über das Wochenende in der Klinik bleiben müsste. Bill merkte, wie sich sein Körper entspannte. Erleichtert ließ er sich in das weiche Kissen fallen.

«Eigentlich tut es überall weh.» Oskars Worte holten Bill wieder aus seinen Gedanken zurück.

«Das ist nach einer Operation aber auch ein Stück weit normal.» Die Stimme des Arztes klang ruhig und sachlich.

«Ach, Herr Doktor, wann kann ich denn endlich sterben?»

Bill dachte erst, er habe sich verhört. Doch das konnte nicht sein, Oskar hatte diese Worte ausgesprochen, deutlich und klar, unüberhörbar.

«Naja, so schnell stirbt es sich nicht.»

Falls ihn die Worte des Patienten aus dem Konzept gebracht hatten, so ließ es sich der Arzt nicht anmerken. Bill konnte nicht anders, leicht senkte er den Kopf nach rechts, um die Szene zu beobachten. Seine Bick fiel auf Oskars Augen. Sie wirkten trüb und blass. In seinem ganzen Gesicht schien sich Enttäuschung breit zu machen. Er ließ einen tiefen Seufzer folgen, eine andere Antwort gab er dem Arzt nicht. Dieser fuhr unbeirrt fort.

«Ich denke, es ist sinnvoll, wenn ein Physiotherapeut jeden Tag einmal vorbei kommt, um wieder etwas Beweglichkeit in die Gelenke zu bekommen.»

Er sagte dies mehr zu den Assistenzärzten und der Schwester, die ebenfalls mit im Raum standen. Oskar schien sich nicht mehr an dem Dialog beteiligen zu wollen. Stumm und starr lag er da, ließ es über sich ergehen. Es interessierte ihn gar nicht.

***

«Auf Wiedersehen und alles Gute.» Er nickte ihm ein letztes Mal zu.

«Danke, das wünsche ich dir auch.» Ein gequältes Lächeln erschien auf Oskars Mundwinkeln. «Du bist ein netter junger Mann, bleib so wie du bist.»

«Ich gebe mir Mühe.» Er lächelte zurück.

Das waren die letzten Worte, die er mit dem alten Mann gewechselt hatte. Danach zog er die Tür hinter sich zu, stand jetzt im Flur. Franziska stützte ihn und trug seine Tasche, die sie über die rechte Schulter geschwungen hatte. Sie konnte heute etwas früher Feierabend machen und ihn daher rechtzeitig abholen. Seit der Visite war gerade einmal eine Stunde vergangen. Noch immer hatte Bill die Worte von Oskar im Kopf.

«Wann kann ich endlich sterben?»

Es erschien Bill so surreal. Die Menschen versuchen doch, so lange zu leben, wie sie können. Durch Maßnahmen, die nicht von der Natur vorbestimmt sind, wird die Lebenserwartung immer weiter hochgeschraubt. Die Furcht vor dem Tod, die Endgültigkeit des Lebens, bereitet so vielen Menschen Angst. Und dann war da dieser alte Mann hinter ihm im Zimmer, der anders zu sein schien. Der sich nach Endgültigkeit sehnte, sie sich regelrecht herbei wünschte.

«Wie kommt ein Mensch dazu, so zu denken?», fragte sich Bill. Klar, er war noch verhältnismäßig jung und Oskar wesentlich älter. Er wusste nicht, was Oskar für ein Leben geführt, was er alles erlebt hatte. Was er für Dinge getan hatte, was ihm angetan wurde. Reicht es irgendwann, das Leben?

Er musste an den gestrigen Besuch von Helga denken. Erst jetzt wurde das Bild für ihn klarer. Da stand diese Frau am Bett ihres Mannes, mit dem sie den Großteil ihres Lebens verbracht hatte. Mit dem sie noch immer so viele Stunden verbringen wollte, denn jede Stunde war doch ein Geschenk. Doch die Wahrheit ist, dass dieser Mensch, den du über alles liebst, keinen Sinn mehr sieht, in nichts mehr. Vielleicht war er Zeuge des Moments geworden, wo sich die beiden für immer verloren hatten, denn es gab keine Gemeinsamkeiten mehr. Das war das Ende. Sie tat ihm leid. Zu akzeptieren, dass ein geliebter Mensch abgeschlossen hat, mit allem, ist das überhaupt möglich? Sie taten ihm beide leid.

«Alles in Ordnung bei dir?» Er sah hoch und blickte in Franziskas besorgtes Gesicht. Er war wie angewurzelt stehen geblieben, direkt vor der Tür, die er soeben geschlossen hatte, direkt vor dem Raum mit dem alten Menschen, für den das Leben kein Geschenk mehr zu sein schien, nur noch Ballast.

«Ja, natürlich», antworte Bill, «nur etwas wackelig auf den Beinen. Lass uns nach Hause gehen.»

Luisa sah in den Spiegel. Angestrengt betrachtete sie jeden Bereich ihres Körpers. Wie so oft blieb sie an der Bauchpartie hängen. Sie seufzte, wieder keine Veränderung. Sie kniff sich mit den Fingern in die Haut, versuchte das vorhandene Fett zu erfühlen. Es war zu viel, sie war noch immer zu dick. Enttäuscht begann sie sich wieder anzuziehen, da fiel ihr Blick entsetzt auf den Spiegel. Deutlich sah sie die Außenseite ihres rechten Oberschenkels. Ihr stockte der Atem. Waren das leichte Dellen, erste Anzeichen von Cellulite?

«Nein, bitte nicht», dachte sie flehentlich. Luisa ging zitternd einige Zentimeter näher an den Spiegel heran. Nun konnte sie nichts mehr erkennen, die Haut war wieder makellos. Erleichtert ließ sie die angestaute Luft aus ihren Lungen weichen und atmete einmal tief durch. Es war nur das schräg einfallende Licht gewesen, der Blickwinkel, wodurch ihre Beine so hässlich gewirkt hatten. Doch ihre Erleichterung hielt nur kurz an, dann musste sie wieder an ihren Bauch denken.

«Da ist einfach noch zu viel», sagte sie zischend zu sich selbst. Sie schaute auf das Display ihres Smartphones, es war bereits 20:00 Uhr. Ihr Magen begann zu knurren. Sie hatte seit heute Mittag nichts mehr gegessen, doch sie wollte heute keine feste Nahrung mehr zu sich nehmen, durfte es nicht.

«Zwei Mahlzeiten am Tag genügen, Luisa.» Sie musste an das Porridge von heute Morgen denken und bereute ihre Entscheidung, zu frühstücken. Ihr war doch bewusst, dass es besser für sie war, mittags und frühabends zu essen. Aber sie hatte einfach einen solchen Hunger gehabt. Frustriert schlurfte sie in die Küche, nahm sich ein sauberes Glas aus dem Schrank und füllte es mit kaltem Leitungswasser.

«Das wird helfen, um den Magen zu füllen.» Sie tat es unbewusst, doch plötzlich wanderten ihre Gedanken zu einer der Schubladen unter ihr. Sie hatte sich erst vorhin beim Einkaufen ihre Lieblingskekse gekauft. Es war ein schwacher Moment gewesen. Warum hatte sie das getan? Ihre Gesichtszüge verkrampften sich, sie schlug sich mit der flachen Hand energisch gegen die Stirn.

«Super gemacht, Luisa», fluchte sie. «Du bist so dämlich. Warum kaufst du dir so eine Scheiße? Du machst dir damit alles kaputt.» Sie kippte das Wasser in einem Zug hinunter.

Um sich abzulenken, griff sie zu ihrem Smartphone, sie wollte ohnehin noch ein Bild online stellen. Auf der Startseite ihres Profils wurden ihr diverse Fotos und Einträge angezeigt. Sehnsüchtig und voller Bewunderung scrollte sie durch die verschiedenen Posts.

«Ey, Marie hat mittlerweile so einen genialen Körper bekommen. Dabei trainiert die doch nur halb so viel wie ich.» Ihr Blick blieb an dem Foto einer jungen Frau hängen. Diese strahlte sie breit grinsend an, durch die Leggings zeichneten sich feste Beine und ein runder, straffer Hintern ab. Sie hatte ihren Kopf leicht schräg nach hinten geneigt und streckte der Kamera neckisch ihre Zunge entgegen.

«Das ist einfach unfair.» Zornig blickte Luisa auf die Anzahl der Kommentare und Likes unter dem Bild. Sie hatte auch einmal so ausgesehen, genau so perfekt. Sie wusste, dass Marie vier Jahre jünger war, aber sie selbst war mit neunundzwanzig Jahren doch noch in einem guten Alter. Auch sie konnte noch immer perfekt sein, wenn sie es nur wollte. Sie brauchte nur Disziplin, musste es einfach wollen, alles andere dafür hinten anstellen. Vielleicht hätte sie sich im letzten Jahr nicht so gehen lassen sollen. Warum konnte sie so schlecht «Nein» sagen, hatte sich einfach nicht im Griff, zum

Beispiel bei ihrer Mutter. Immer mussten sie sich in diesem blöden Café treffen und jedes Mal bestellte ihre Mutter ihnen jeweils ein Stück Kuchen.

«Das gönnen wir uns jetzt mal, haben wir uns verdient», sagte diese dann mit einem Lächeln. Und was tat sie selbst? Sie aß den gottverdammten Kuchen. Anstatt es einfach zu lassen, wollte sie es ihrer Mutter wieder recht machen. Sie spielte einfach mit, war es leid, immer wieder zu sagen:

«Ja, Mama, ich esse genug» oder «Es geht mir wirklich gut, ich fühle mich wohl». Sie konnte den Blick ihrer Mutter nicht ertragen, ihre Worte, die sie jedes Mal zu hören bekam.

«Du siehst doch toll aus, Luisa. Du bist so schlank. Bitte übertreibe es nicht. Ich mache mir doch nur Sorgen.»

Luisa schnaubte hörbar, als sie an all die Gespräche und endlosen Diskussionen dachte. Das führte zu nichts, ihre Mutter hatte einfach keine Ahnung. Luisa hatte keine Lust mehr, sich ständig rechtfertigen zu müssen. Sie hatte nun einmal ein Ziel vor Augen und um das zu erreichen, konnte sie sich eben nicht ständig etwas gönnen. Früher hatten ihr die Männer im Fitnessstudio noch häufiger hinterher gesehen, da war sie sich sicher. Nun war es eher Marie, die sie anstarrten, ihre perfekte Freundin. Neben ihr war sie unscheinbar, geradezu durchschnittlich, nichts Besonderes mehr, nur ein Punkt in der Masse.

Luisa ließ sich erschöpft auf ihr Bett sinken. Sie suchte das Bild heraus, welches sie vorhin vorm Spiegel von sich aufgenommen hatte, und betrachtete es. So konnte sie es auf keinen Fall online stellen. Sie öffnete ein Bildbearbeitungsprogramm, um die deutlich sichtbaren Problemzonen am Bauch zu retuschieren, eine halbe Stunde werkelte sie daran herum. Irgendwann hatte sie dann ein Ergebnis vor sich, mit dem sie zumindest halbwegs zufrieden war. Luisa musste schließlich vorsichtig mit den Filtern sein, das Ganze sollte ja weiterhin natürlich wirken. Natürlich perfekt.

«Genug für heute.» Sie legte das Smartphone zur Seite. Sie spürte ein Pochen in der Stirn, auch ihr Magen knurrte weiter lautstark vor sich hin. Luisa massierte sich sanft ihre Schläfen, schaltete dabei den Fernseher ein, gerade lief eine Quizsendung. Sie wollte sich einfach berieseln lassen, einmal alles vergessen. Neben ihr vibrierte und leuchtete das Smartphone immer wieder auf. Gequält versuchte sie, nicht darauf zu reagieren, doch nach einer Viertelstunde konnte sie nicht anders. Sie musste es einfach wissen. Enttäuscht erkannte sie, dass ihre Mutter einige Nachrichten hinterlassen hatte.

«Hallo», «wie geht's dir?», «wollen wir uns morgen Nachmittag treffen?»

Für alles jeweils eine eigene Nachricht, kein Wunder, dass ihr Handy dauernd aufgeleuchtet hatte. Sie öffnete den Chat mit ihrer Mutter erst gar nicht, darauf hatte sie keine Lust. Luisa wollte nicht schon wieder ausgefragt werden, war die Kontrollen leid, sie war eine erwachsene Frau. Stattdessen öffnete sie neugierig die App, wollte überprüfen, ob ihr Bild bei ihren Followern bereits für Aufmerksamkeit gesorgt hatte. Sie öffnete ihr Profil und blickte resigniert auf die Anzeigen unter ihrem Post.

«Erst ein Like.» Sie schüttelte frustriert den Kopf. Ihr Blick wanderte zu Maries Bild. Schon dreißig weitere Likes, zehn neue Kommentare.

«Nein, nein, nein, fuck», schrie sie und warf ihr Handy zur Seite. Stumpf schlug es auf dem Boden auf. Sie sprang vom Bett auf und trabte in die Küche.

«Ist doch eh egal jetzt.» Luisa griff nach der Kekspackung und riss sie noch beim Hinausgehen auf. Sie stopfte sich den ersten Keks in den Mund, mit hastigen Bissen zerbröselte sie diesen zwischen ihren Zähnen. Sie schmeckte die süße Schokolade und den Zucker nur kurz auf ihrer Zunge, dann schluckte sie den halbzerkauten Keks schon ihre

Speiseröhre hinab, machte Platz für den nächsten. Innerhalb von Minuten hatte sie die Packung halb geleert. Ohne Genuss schlang sie alles hinunter, einfach nur weg damit. Einfach nur betäuben, nicht mehr fühlen müssen. Da erblickte sie wieder ihr Spiegelbild. Das Licht war nur spärlich vorhanden, aber sie erkannte ganz deutlich ihre Umrisse. Wie sie dort auf dem Bett saß, die Jogginghose und den dicken Kapuzenpullover trug, unnötige Kalorien in sich hincinstopfte. Sie sah so fett aus, so eklig. Sie konnte den Blick nicht lange aufrechterhalten, schaute nach einigen Sekunden zu Boden. Sie hasste sich für ihr Aussehen. Hasste sich für das, was sie tat, doch machte sie unaufhaltsam weiter, brauchte einen Grund, um den Hass zu befeuern, sich immer weiter verurteilen zu können.

«Der Spiegel lügt nicht», sagte sie sich. «Ich bin nicht perfekt, werde es nie mehr sein. Ich bin schwach, faul, schaffe es einfach nicht. Du bist so dumm, Luisa.»

Sie griff nach einem weiteren Keks. Doch die Packung war leer.

DIE MÖWE RÜDIGER

Ich spüre, wie der Wind durch meine Haare fährt, sanft über die Haut streichelt. Die Nordsee liegt auf meiner Zunge, schmeckt salzig und feucht. Ich schließe die Augen und höre den Rufen der umherfliegenden Möwen zu, die mit rhythmischen Flügelschlägen über die Szenerie schweben. Meine Finger gleiten durch das satte Grün unter mir, während ich auf dem Deich sitze, diesem Bollwerk der Menschheit, gebaut, um den Mächten der Natur Einhalt zu gebieten. Es ist noch früh am Morgen, doch die ersten Sonnenstrahlen des Tages sind warm und belebend. Ich atme tief ein und inhaliere die reine Luft des Meeres. Einige Meter weiter grasen einige Schafe, ihre Gelassenheit ist ansteckend. Dieser Ort ist eine Oase für die Seele.

Doch meine Ruhe währt nur kurz, hinter mir höre ich die schwere Eisenpforte am Zugang zu diesem Badeabschnitt zufallen, gefolgt von einem lauten «Werneeeeer». Die ersten Touristen sind eingetroffen. Werner und Beate, ein Ehepaar aus dem Schwabenland. Ich habe die beiden noch nie gesehen, aber da Anonymität anscheinend nicht zu ihren Stärken gehört, sind mir recht schnell ihre Namen bekannt.

«Guck mal, Schafe, das ist ja was, dass die hier rumlaufen dürfen.»

Ich seufze. Beate weiß anscheinend nicht, aus welchem Grund die Schafe hier sind. Sie vertreiben Wühlmäuse oder ähnliche Tiere, die das Getrappel der Wollträger nicht mögen. Auf diese Weise wird der Deich nicht untergraben. Doch ich behalte diese Information für mich und gehe langsam den Deich hinunter. Gerade ist Ebbe, zwar wird das Wasser in den nächsten Stunden mit der Flut zurückkehren, doch noch habe ich etwas Zeit, um durch das Watt zu wandern. Dass ich damit auch eine gesunde Distanz zu Werner und Beate aufbaue, ist mir nur recht. Denn hinter mir höre ich noch, wie Werner Beate erbost darauf aufmerksam macht, dass sich zu wenig Butter auf seinem Salamibrot befinde.

«Das flutscht ohne Butter nicht so», ist sein geistreicher Abschlusssatz zu dieser Thematik. Am unteren Ende des Deiches ziehe ich meine Schuhe aus, streife die Socken ab und verstaue alles in meinem Rucksack. Behutsam gehe ich barfuß den kleinen, mit groben Steinen gepflasterten Weg hinab.

Meine Füße versinken schlagartig mit schmatzendem Geräusch im Watt. Kraftvoll stapfe ich mit kontrollierten Bewegungen den feuchten Boden entlang. Ich genieße die Kühle, welche meine Zehen umspielt, meine Füße sind in kurzer Zeit bis zu den Schienbeinen mit dunklem Sand bedeckt und bilden einen herrlichen Kontrast zu meinen strahlend weißen Beinen, die wie jeden Sommer einfach nicht braun werden wollen. Das Schicksal eines Menschen mit hellem Hauttyp und roten Haaren. Zum Glück hatte ich mich am heutigen Morgen noch mit Sonnenschutzfaktor 50 plus eingecremt. Da dieser laut Beschreibung insbesondere für zarte Babyhaut geeignet ist, fühle ich mich recht sicher vor einem möglichen Sonnenbrand gewappnet.

Nach einer Weile halte ich inne und betrachte achtsam die sich mir bietende Natur. Ich entdecke die Kringel der Wattwürmer sowie kleine Krebse, die sich aufopferungsvoll durch die Unebenheiten kämpfen. In der Nähe laufen die ersten Priele voll, ein Zeichen, dass sich das Wasser langsam seinen Weg zurück bahnt. Ich schaue zurück in Richtung des Deiches. Mittlerweile haben sich dort noch einige weitere Menschen eingefunden. Aus der Ferne wirken sie ganz klein, geradezu winzig. Ich wende meinen Blick wieder in Richtung des offenes Meeres. Hier ist es so friedlich. Werner, Beate und deren Butterkrise habe ich schon längst vergessen.

Da entdecke ich eine einzelne Möwe vor mir. Genau wie ich wandert sie einsam durchs Watt, nimmt eine Auszeit von ihren Artgenossen. Ich weiß nicht, wieso, aber in diesem Moment fühle ich eine starke Verbindung zwischen mir und diesem weiß-grau gefärbten Federvieh, zwei Einzelgänger, «lonesome rider». Ich denke kurz über diesen merkwürdigen Gedanken nach, bis ich mir das Tier dann etwas genauer ansehe. Es ist eine ganz normale Möwe, da ist nichts Besonderes. Langsam trete ich etwas näher an sie heran. Entweder nimmt die Möwe keine Notiz von mir oder sie lässt sich einfach nichts anmerken. Bleibt cool, ist die Ruhe selbst. Konzentriert sucht sie den Boden nach möglichem Futter ab. Da wäre dann auch schon der erste Unterschied zwischen uns beiden, denn ich bin hier keineswegs auf der Suche nach etwas Essbarem. Andererseits muss ich in diesem Augenblick an die Kekse denken, die sich noch gut verpackt in meinem Rucksack befinden. Hafercookies, die mit dem zart schmelzenden Schokoladenkern. Ich merke erst nach einigen Sekunden, wie mir der Sabber an den Seiten der Mundwinkel hinunterläuft, also reiße ich mich zusammen und wende mich wieder meinem neuen Freund zu. Ja, mein Freund, denn ich denke, ich und diese Möwe könnten Kumpel sein. Sicherlich würden wir uns gut verstehen, wenn wir die gleiche Sprache sprechen könnten. Wir würden dem jeweils anderen über unseren Tag erzählen, unsere Sorgen teilen, uns so richtig über andere Menschen und natürlich Möwen aufregen und über diese ablästern. Denn hier draußen im Watt gibt es nur uns beide. Naja, und vielleicht noch die Wattwürmer, aber ich denke, die werden uns schon nicht verpetzen. Mit dieser Vorstellung im Kopf denke ich darüber nach, ob sich Möwen untereinander auch mit Namen anreden. Würden nervige Möwen auch Werner und Beate heißen? Vielleicht ist ja gerade diese Möwe vor mir ebenfalls vor einer Werner-Möwe und einer Beate-Möwe geflüchtet. Nach einer Weile schüttele ich den Kopf. Nein, das wäre sicherlich zu viel des Guten.

Die Minuten vergehen und während die Sonne weiter in die Höhe steigt, tue ich rein gar nichts. Ich stehe einfach im Wattenmeer und beobachte eine Möwe. Ich habe beschlossen, sie Rüdiger zu nennen. Ich finde einfach, dass sie wie ein Rüdiger aussieht, also nicht wie ein menschlicher Rüdiger, sondern halt eine Rüdiger-Möwe. Der Name geht mir immer wieder durch den Kopf und ich habe das Gefühl, dass die Verbindung zwischen mir und Rüdiger immer stärker wird. Wir sind uns auf so viele Arten ähnlich. Ich bin alleine hier im Watt, Rüdiger ist hier alleine im Watt. Er sucht nach etwas Essbarem, ich habe Kekse im Rucksack. Wir beide sind genervt von Werner und Beate. Mittlerweile habe ich es einfach zur Wahrheit erklärt, dass auch Rüdiger einen Werner und eine Beate in Möwenform kennt und von diesen genervt ist. Vielleicht sind es auch Möwen aus dem Schwabenland, die hier Urlaub machen oder auf der Durchreise sind. Bevor ich mir weiter darüber Gedanken machen kann, schüttelt sich Rüdiger plötzlich, springt kurz auf der Stelle umher und schwingt sich dann mit starken Flügelschlägen in die Lüfte. Ich sehe ihm hinterher, wie er langsam Richtung Deich fliegt und kurze Zeit später dahinter verschwindet. Er ist nur noch ein Punkt am Horizont, kaum noch zu erkennen. Mich selbst erfüllt auf einmal das Gefühl, etwas verloren zu haben, als habe mich etwas verlassen, was zu mir gehört, so lange ein Teil von mir war. Rüdiger ist fort und ich werde ihn vielleicht nie wieder sehen. Melancholisch blicke ich noch einmal in Richtung Deich, doch da ist nichts mehr von Interesse für mich. Es war klar, dass dieser Augenblick kommen musste, ich und Rüdiger wieder eigene Wege gehen müssen, doch kam dieser Moment einfach zu früh und traf mich mit einer ungewohnten Härte. Ich seufze und mache mich auf den Rückweg. Heute gibt es hier nichts mehr für mich.

Gedankenverloren trotte ich durchs Watt, doch die schmatzenden Geräusche meiner Füße, die salzige Luft in meiner Nase, der Wind in meinen Haaren, all das scheint mich jetzt nicht mehr zu erfreuen. Ich denke an Rüdiger. Mit welcher Anmut sich mein neuer Freund in die Lüfte erhoben hat, so erhaben, so stolz. Ich versuche, mir an ihm ein Beispiel zu nehmen. Nein, ich will kein Trauerkloß sein, ich werde mit breiter Brust zurück in meine Welt schreiten. Mir wird bewusst, dass Werner und Beate vermutlich noch am Deich sind, und mir wird etwas übel.

Kurze Zeit später wird deutlich, dass ich mit meiner Annahme recht hatte. Dort liegen sie beide auf ihrer 90er-Jahre-Muster-Stranddecke. Ihre Gesichter kann ich nicht erkennen, da ihre Bäuche einen Großteil ihrer Oberkörper ausmachen. Während ich an ihnen vorbeigehe, muss ich aus irgendeinem Grund an den Wal denken, der letztens irgendwo an der Ostsee an Land gespült wurde. Die Nachrichten hatten darüber berichtet.

Und so endet mein heutiger Ausflug, denn ich erreiche den Parkplatz und mein Auto ist schon in

Sichtweite. Meine Gedanken sind wieder bei Rüdiger, der Möwe, meinem Freund, meinem Seelenverwandten. Ich kann ihn einfach noch nicht loslassen. Vielleicht war die heutige Begegnung ja ein Zeichen, das für etwas viel Höheres steht. Etwas, dessen Ausmaß ich noch nicht ganz verstanden habe, dessen Bedeutung mir aber bald gewahr wird. Unglaublich, was so eine Möwe in jemandem auslöst. Mein Herz wird ganz warm, während ich die Türen meines Autos öffne. Dann fällt mein Blick auf die Vorderscheibe. Direkt auf der Fahrerseite befindet sich der größte Möwenschiss, den ich in meinem ganzen Leben zu sehen bekommen habe. Breit und lang zieht er sich über die gesamte linke Hälfte der Front. Und in diesem Moment wird es mir bewusst. Das alles war kein Zeichen von oben, keine schicksalshafte, lebensverändernde Begegnung. Mir wird klar: Rüdiger ist nicht mein Freund und schon gar nicht mein Seelenverwandter. Rüdiger ist einfach nur ein Arsch, der mir aufs Auto gekackt hat.

FISCHBRÖTCHEN

Manchmal liege ich einfach auf dem Sofa und starre an die Decke. Weil mir einfach nichts einfällt, was ich machen könnte, es für mich nichts zu tun gibt. Es ist nicht nur Langeweile, vielmehr eine Leere, die mich immer weiter ausfüllt, mich hinunter drückt. Reglos liege ich da, vertieft in dunkle Gedanken. Das Vibrieren meines Smartphones nehme ich gar nicht mehr wahr. So geht es mir oft in letzter Zeit, vermutlich zu oft.

Ich bin allein, einsam in meiner Zweizimmerwohnung. Manchmal schalte ich den Fernseher ein, doch das Programm interessiert mich nicht. Es ist ein monotones Berieseln gegen die endlose Warterei, bis der Tag endlich ein Ende gefunden hat. Ich greife mir ein Buch, doch die Wörter kommen nicht in meinem Kopf an, ich kann mich nicht konzentrieren. Wenn ich aus dem Fenster blicke, sehe ich die Lichter der Nachbarwohnungen, Umrisse von Menschen, es herrscht Leben dort drüben auf der anderen Straßenseite. Meine Wohnung wirkt kalt und leer.

Ich ziehe meine dicke Jacke an, denn draußen ist es kälter geworden. Die Sonne versteckt sich hinter den Wolken, das Wetter ist trostlos. Es passt sich meinem Gemüt an. Wenigstens komme ich mal raus, hocke nicht nur drinnen herum. Ein Pärchen geht an mir vorbei, Hand in Hand, sie grüßen freundlich, ich nicke ihnen zu. Da ist sie, die Hoffnung, die Geborgenheit, die es anscheinend noch immer gibt. Ich frage mich, wie es wohl ist, wenn ich nicht alleine wäre, ob ich dann auch diese Wärme spüren würde?

Ich bin traurig, habe das Gefühl, dass ich gleich weinen muss. Aber ich kann es nicht. Auch, wenn ich mich noch so anstrenge, keine Träne läuft mir übers Gesicht. Vermutlich würde es mir gut tun, es einfach mal rauszulassen. Doch mein Körper lässt es nicht zu. Kein Zeichen der Schwäche. Eine Freundin hat mir letztens gesagt, ich solle mal mehr lächeln. Ich will es ja, aber ich schaffe es nicht. Wenn ich die Mundwinkel hochziehe, die Muskeln in meinem Gesicht anspanne, dann ist es wie Quälerei. Es ist lediglich Fassade, daran ist nichts echt. Falsch. Ich bin falsch.

Ich erreiche den alten Stadtpark, an dessen Rand sich ein großer Hügel auftut. Er ist menschenleer. Früher war er es nicht. Im Winter waren wir dort immer rodeln, meine Freunde, mein Bruder und ich. Ich vermisse diese Zeit. Am Wochenende hat meine Mutter immer einen Kuchen gebacken, wir haben gespielt, im Kamin prasselte ein Feuer. Mein Vater hat immer Holzscheite nachgelegt, sodass es nicht aufhörte zu brennen. Das Feuer.

Zurück in der Wohnung, es ist ganz still, lediglich der Heizkörper rauscht leise vor sich hin. Ich blicke auf mein Handy, ein Freund hat mir geschrieben. Heute Abend ist ein Treffen, eine kleine Feier, ob ich nicht auch Lust hätte. Ich denke an das letzte Mal. Es wurde viel gelacht, etwas getrunken, Geschichten ausgetauscht.

«Was macht die Arbeit?» «Wann zieht ihr eigentlich in das neue Haus?» «Wann kommt das Kind? Ihr müsst ja wahnsinnig aufgeregt sein?»

Ich bin Teil der Gruppe, aber fühle mich doch als Außenseiter. Ich habe oft das Gefühl, dass mir andere Menschen fehlen, die Gespräche, die Nähe, aber wenn ich bei ihnen bin, möchte ich mich am liebsten wieder verkriechen, will alleine sein, habe keine Lust mehr zu lachen. Die Muskeln in meinem Gesicht schmerzen, ich möchte mich nicht mehr so anstrengen. Ich schreibe meinem Freund, dass ich heute Abend keine Zeit habe. Nächstes Mal dann gerne. Heute bleibe ich lieber hier, bei meiner Angst.

Wenn die Menschen gefragt werden, ob sie etwas anders machen würden, wenn sie noch einmal die Zeit zurückdrehen könnten, bekommt man oft den Satz zu hören: «Nein, denn ich bereue nichts.»

Das kann ich von mir nicht behaupten. Ich frage mich oft, welche Abzweigung mein Leben genommen hätte, wenn ich anders abgebogen wäre. Wenn ich mehr gelebt hätte, nicht nur funktioniert. Früher habe ich mir immer ausgemalt, wie schön es sein muss, als Erwachsener tun und lassen zu können, was ich möchte. Wenn mir die Welt offensteht, es keine Grenzen gibt. Der Traum vom Frei sein.

Und dann sehe ich wieder den kleinen Jungen vor mir, der am Abendbrottisch von seinem Tag erzählt. Was ich mit meinen Freunden gemacht habe, welche Hausaufgaben ich aufhabe. Dabei haben wir Fischbrötchen gegessen, die gab es oft am Freitag. Das war für meine Mutter immer sehr einfach und es hat uns allen geschmeckt. Wir haben dort gesessen und gelacht. Ich habe immer zuerst die Salatblätter auf die Brötchenhälften gelegt, danach kam die Remoulade, zum Schluss die Frikadelle. Wenn ich mich konzentriere, kann ich es beinahe schmecken. Heute bestelle ich mir wohl etwas zu essen, habe keine Lust zu kochen, auch kaum Lebensmittel im Haus. Ich blicke auf meine Uhr. Der Tag hat noch sechs Stunden.

DAS BOOT

Der Sand unter meinen Füßen knirscht. Mit jedem meiner Schritte spüre ich, wie die feinen Körner an meinen Schuhsohlen entlanggleiten. Seit Stunden wandere ich umher. Ziellos, ohne Plan, nur die Küste vor Augen, sonst nichts.

«Du solltest langsam zurückgehen.»

«Warum?»

«Weil es sinnlos ist, hier herumzustreifen. Also dreh um.»

«Hmm, ok.»

Aber ich gehe weiter, denn irgendetwas sagt mir, dass ich weitergehen muss. Die Schreie der Seevögel klingen wie Klagelaute, als würden sie etwas bedauern. Etwas, das lange zurück liegt. Ich sehe das Boot bereits aus einiger Entfernung. Der Nebel gibt es langsam frei und erste Umrisse zeichnen sich in den trüben, dichten Schwaden ab. Einzelne Wellen branden sanft gegen den Rumpf. Als ich näher komme, fühlt es sich an, als würde mich etwas heranziehen. Nur wenige Meter vor dem Boot bleibe ich stehen. Ich betrachte das dunkle Holz, im Inneren liegen zwei Ruder.

«Ich weiß, was du denkst. Lass es.»

«Was genau denke ich denn?»

«Das weißt du genau.»

«Wie kommt dieses Boot hierher?»

«Das ist egal. Geh weiter. Hier gibt es nichts für dich.»

Es fällt mir schwer, mich wieder in Bewegung zu setzen. Meine Schritte werden behäbig, träge, während ich weiter wandere. Nach hundert Metern bleibe ich abrupt stehen. Es ruft nach mir. Ich drehe mich um. Nichts außer Nebel. Ist es fort? Wieder ins Meer gespült worden? Nein, das kann nicht sein. Warum ist es mir so wichtig? Ich gehe wieder zurück, meine Schritte werden schneller, gehen in einen leichten Trab über. Als das Boot wieder zum Vorschein kommt, dringt eine Woge der Erleichterung durch meinen Körper. Es ist noch da, ist nie fort gewesen. Mein Atem wird wieder ruhiger. Behutsam gleiten meine Finger über die Außenseiten des Bootes, der Geruch von feuchtem Holz erfüllt meine Lunge. Und dann tue ich es einfach. Ich schiebe das Boot mit all meiner Kraft ins Wasser und springe hinein. Ich mache mir keine Gedanken darüber, ob es überhaupt noch in der Lage ist zu schwimmen. Ich weiß es einfach, es wird mich tragen. Meine Hände ergreifen die Ruder.

«Was zum Teufel machst du da?»

«Ich fahre mit dem Boot hinaus aufs Meer.»

«Das sehe ich. Was soll das?»

«Ich weiß nicht. Ich mache es einfach.»

«Das ist falsch.»

«Woher weißt du das?»

«Ich weiß es einfach. Kehr um.»

«Nein.»

Es folgt keine Antwort. Die Stimme ist verstummt, hüllt sich in Schweigen. Mit starken Zügen rudere ich weiter, immer weiter hinaus. Ich kann nicht sehen, was sich vor mir befindet, der Nebel hier ist dichter als am Strand. Ich verharre kurz in meiner Bewegung. Das Boot schaukelt leicht hin und her. Die See ist ruhig. Ich habe es bisher nicht verstanden. Doch in diesem Augenblick realisiere ich es. Dieses Boot war schon immer dort. Es hat mein gesamtes Leben lang an der Küste auf mich gewartet. Ein letzter Blick zum Ufer. Der Strand wird vom Nebel verschluckt. Ich richte meine Augen aufs Meer und blicke nie wieder zurück.